16	3	2	13
5	10	11	8
9	6	7	12
4	15	14	1

Coleção LESTE

Liudmila Ulítskaia

MENINAS

Tradução e notas
Irineu Franco Perpetuo

Posfácio
Danilo Hora

editora■34

EDITORA 34

Editora 34 Ltda.
Rua Hungria, 592 Jardim Europa CEP 01455-000
São Paulo - SP Brasil Tel/Fax (11) 3811-6777 www.editora34.com.br

Copyright © Editora 34 Ltda. (edição brasileira), 2021
© 2002 by Ludmila Ulitskaia, all rights reserved.
Published by arrangement with ELKOST
International Literary Agency, Barcelona, Spain.

A FOTOCÓPIA DE QUALQUER FOLHA DESTE LIVRO É ILEGAL E CONFIGURA UMA
APROPRIAÇÃO INDEVIDA DOS DIREITOS INTELECTUAIS E PATRIMONIAIS DO AUTOR.

Agradecemos a Audra Baranauskaitė pela gentil cessão
da obra do fotógrafo lituano Marius Baranauskas (1931-1995),
seu pai, para a capa deste livro.

Imagem da capa:
Marius Baranauskas, Cidade velha de Vilnius, *1980*

Capa, projeto gráfico e editoração eletrônica:
Franciosi & Malta Produção Gráfica

Revisão:
Danilo Hora, Cide Piquet

1ª Edição - 2021 (2ª Reimpressão - 2023)

CIP - Brasil. Catalogação-na-Fonte
(Sindicato Nacional dos Editores de Livros, RJ, Brasil)

Ulítskaia, Liudmila, 1943
U241m   Meninas / Liudmila Ulítskaia; tradução
e notas de Irineu Franco Perpetuo; posfácio de
Danilo Hora. — São Paulo: Editora 34, 2021
(1ª Edição).
168 p. (Coleção Leste)

Tradução de: Diévotchki

ISBN 978-65-5525-083-1

1. Literatura russa contemporânea.
I. Perpetuo, Irineu Franco. II. Hora, Danilo.
III. Título. IV. Série.

CDD - 891.73

MENINAS

A dádiva prodigiosa	7
Filhas de outro	27
A enjeitada	43
No dia 2 de março daquele mesmo ano	77
Catapora	97
A pobre, feliz Kolivânova	129
Posfácio, *Danilo Hora*	155
Sobre a autora	165
Sobre o tradutor	167

A DÁDIVA PRODIGIOSA[1]

Na terça-feira, depois da segunda aula, cinco meninas escolhidas deixaram a sala da terceira série "B". Estavam desde cedo de traje especial, como se fosse o dia de seu santo:[2] não com o vestido castanho do uniforme escolar, nem de avental preto, nem de avental branco, mas com o uniforme das pioneiras,[3] "escuro embaixo, branco em cima", porém ainda sem as gravatas vermelhas. Sedosas, vítreas e crepitantes, as gravatas jaziam nas pastas, ainda não tocadas por mãos humanas.

Aquelas meninas eram as melhores das melhores, excelentes, de comportamento exemplar, e tinham chegado à plenitude dos nove anos — o que era indispensável, mas ainda não era o bastante. Na série "B" também havia outras meninas de nove anos, mas que não podiam nem sonhar com aquilo, devido a suas imperfeições.

Assim, depois da segunda aula, cinco meninas da "B", cinco da "A" e cinco da "C" vestiram casaco e galochas e se

[1] No original, *Dar nerukotvórnii*. Na tradição ortodoxa russa, a palavra *nerukotvórnii*, análoga à grega *acheiropoieta*, designa os ícones e as relíquias sagradas que não foram feitos por mãos humanas. (N. do T.)

[2] O dia do santo que dá o nome à pessoa é, na Rússia, festejado como o aniversário. (N. do T.)

[3] Organização juvenil soviética baseada nos preceitos do escotismo. (N. do T.)

enfileiraram aos pares formando uma coluna diante da entrada da escola. No começo, não havia par para uma delas, mas depois Lília Jijmórskaia sentiu enjoo, de nervosismo, foi para o banheiro, onde vomitou, e então foi atacada por tamanha dor de cabeça que tiveram de levá-la à sala do médico e deitá-la no canapé frio — o que restabeleceu o emparelhamento da coluna.

À frente dessa coluna despontavam a líder superior das pioneiras, Nina Khókhlova, uma menina muito bonita, porém vesga; a presidenta do conselho daquele destacamento de pioneiras, a adulta Lvova, da sétima série; a tamboreira Kóstikova; e a menina Barenboim, que frequentava a Casa dos Pioneiros já fazia um ano, no círculo dos jovens corneteiros, mas ainda não aprendera a tocar melodias inteiras e sabia apenas produzir sons isolados.

A retaguarda consistia em Klávdia Ivánovna Dratchóva, que na ocasião não se apresentava como chefe da seção de ensino, mas como secretária da seção de base; uma das mães do comitê de pais, com um par de provocantes raposas pardas estiradas sobre os ombros; e um velho militante que provavelmente conhecia o segredo de caminhar sobre as águas, motivo pelo qual suas botas cintilavam com um brilho negro impecável em meio aos intransitáveis redemoinhos do lamaçal.

A líder deu o sinal, agitando o pompom do gorrinho e as duas borlas da bandeira do destacamento, ainda enrolada, a tamboreira Kóstikova batucou "velho tamboreiro, velho tamboreiro, o velho tamboreiro dormia profundamente",[4] Barenboim enfunou-se e produziu um som desafinado com o trompete, e todas se moveram em uma rota ligeiramente sinuosa, mas em geral reta, cruzando a praça Miús-

---

[4] Canção infantil que acompanha a brincadeira de bater nas costas de uma criança como se fosse um tambor. (N. do T.)

skaia e a Maiakóvka, pela rua Górki, até o museu.[5] Colunas similares partiam de muitas escolas, masculinas e femininas, pois a iniciativa tinha dimensão municipal, republicana, e até mesmo de toda a União.

Leões coxos e musculosos, que pareciam lobos, acostumados desde tempos imemoriais a um público seleto, vigiavam melancolicamente do alto do portal as fileiras dos melhores dos melhores que, ainda por cima, eram tão jovens.

— Quantos meninos! — disse Aliôna Pchenítchnikova, em tom de reprovação, à amiga Macha[6] Tchélicheva.

— Esses não são vândalos — observou Macha, perspicaz.

De fato, os meninos de casaco quente e gorro amarrado no queixo não pareciam tão vândalos.

— Mesmo assim, há mais meninas — Aliôna insistiu, por algum motivo secreto, que não chegou a exprimir.

Então foram levadas para dentro do museu, onde todo um espírito de esplendor imperial-revolucionário emanava do mármore encerado, do bronze polido e das bandeiras de veludo, seda e cetim, em todos os matizes das chamas do inferno.

Foram levadas ao vestiário e começaram a se despir em formação. Galochas, cintas, luvas — tudo havia de sobra. Todas estavam desconfortáveis, e era como se precisassem de um braço extra. Estavam atrapalhadas com os pacotes que continham a gravata de pioneiro, pois não havia onde colocá-los. Apenas a gorducha Sonka[7] Preobrajénskaia descobriu um bolso na blusinha branca, e ali enfiou o precioso pacote.

---

[5] A praça Maiakóvka é a atual praça do Triunfo, e a rua Górki é a atual Tvierskáia, em Moscou. Ali ficava o Museu da Revolução, hoje Museu Estatal Central de História Contemporânea da Rússia. (N. do T.)

[6] Diminutivo de Maria. (N. do T.)

[7] Diminutivo de Sófia. (N. do T.)

A dádiva prodigiosa

Nina, a líder das pioneiras, coberta de manchas de rubor, segurando nas mãos distendidas a haste pesada da bandeira da tropa, conduziu-as subindo a escadaria larga. O tapete, preso a cada degrau com varas de cobre, era movediço e elástico como musgo no pântano seco.

Atrás de todas ia a progenitora, que havia tirado um casaco minúsculo de sob a raposa macia e afundado o queixo na pele fofa, e a seu lado, com as botas miraculosamente incólumes, o velho militante, cuja careca metálica brilhava não menos que os canos de seu calçado.

— Aliôna! — Svetlana Bagatúria, que estava atrás dela, sussurrou na nuca de Aliôna. — Aliôna! Esqueci completamente, juro pela minha mãezinha.

— Do quê? — espantou-se Aliôna, com sangue frio.

— Do juramento solene — sussurrou Svetlana. — "Eu, jovem pioneira da União das Repúblicas Socialistas Soviéticas, na presença de meus camaradas..." e depois esqueci...

— "... juro solenemente amar com ardor a minha pátria" — complementou Aliôna, com altivez.

— Ufa, lembrei, graças a Deus me lembrei, Aliônotchka — alegrou-se Svetlana —, já estava achando que tinha esquecido!

O mundo todo estava ali, mas ninguém esbarrava nem se amassava, todos se postavam por séries, por escolas, regradamente, e todo o salão comprido estava inteiramente atravancado de presentes para o camarada Stálin. Eram de ouro, de prata, de mármore, de cristal, de madrepérola, de nefrite, de couro e de ossos. De tudo havia nesses presentes, tudo que há de mais leve e mais pesado, de mais tenro e mais maciço.

Um hindu escrevera uma saudação em um grãozinho de arroz, e em outra oportunidade, não agora, seria possível examinar com uma lupa aquelas letrinhas onduladas, que pareciam cocô de mosca. Um chinês esculpira cento e nove bolas, uma dentro da outra, e novamente seria necessária uma lupa para distinguir, nos vãos entre aqueles padrões ínfimos, a bolinha menor, a mais interna, menor que uma ervilha.

Uma uzbeque passara a vida inteira tecendo um tapete de seu próprio cabelo, e de um lado ele era negro-carvão e, do outro, branco-azulado. O meio era urdido com cabelos grisalhos, tristes, de um cinza variegado.

— Deve estar careca agora — sussurrou Preobrajénskaia.

— Isso não tem importância, em todo caso, as uzbeques usam burca — a cruel Aliôna deu de ombros.

— Usavam antes da Revolução, eram atrasadas — intrometeu-se Macha Tchélicheva.

— Uma atrasada não teceria um tapete de presente para o camarada Stálin — Preobrajénskaia saiu em defesa da honorável anciã.

— Mas vai que ela não usou todos os cabelos no tapete, vai que guardou alguns — disse com esperança a bondosa Bagatúria, tateando suas tranças compridas e espessas, amarradas com uma fita atrás da orelha.

— Ah, olhem! — exclamou Macha, de repente. — Viram?

Mas não havia nada de especial para ver; na vitrine havia um farrapo quadrado, no qual fora bordado um retrato do camarada Stálin. Não era especialmente belo, em ponto cruz, nem muito parecido com ele, embora, naturalmente, desse para adivinhar sem dificuldade.

— Ora, vimos — retrucou Preobrajénskaia —, não tem nada de especial.

— O que foi, o que foi? — inquietou-se Aliôna.

— Leia o que está escrito! — Macha fincou o dedo na etiqueta da vitrine. — "O retrato do camarada Stálin foi bordado com os pés pela menina sem braços T. Kolivânova".

— Tanka[8] Kolivânova! — sussurrou Sonka, encantada, quase desmaiando de êxtase.

— Mas o que vocês têm, ficaram loucas? Agora a Kolivânova não tem braço? Ela tem dois braços. E ela não borda, nem com as mãos, nem com os pés! — esclareceu Aliôna.

— Mas aqui está escrito "T. Kolivânova"! — Sonka não se rendia, esperava um milagre. — Será que a irmã dela não tem braço?

— Não, Lidka,[9] a irmã dela estuda na sétima série e tem braço — disse Aliôna, com dó. Semicerrou os olhos, balançou a cabeça com as tranças laboriosamente urdidas e acrescentou: — Mas sempre se pode perguntar.

Então todos se moveram e, em fileiras harmoniosas, entraram no salão seguinte. De um lado ficaram os tamboreiros, do outro, os corneteiros, no meio, os porta-estandartes com as bandeiras desfraldadas, e alguém, provavelmente a líder superior das pioneiras, comandou em voz alta:

— Bandeiras, alinhar! Sentido! Passo a palavra à mãe de Zoia e Chura[10] Kosmodemiánski.

Todos se alinharam e aprumaram-se, e então veio à frente uma mulher de baixa estatura, de meia-idade, vestindo azul, e contou como Zoia Kosmodemiánskaia primeiro tinha sido pioneira, depois incendiara uma estrebaria fascista e morrera nas mãos dos invasores fascistas.

Aliôna Pchenítchnikova chorou, embora já conhecesse a história havia muito tempo. Naquele minuto, todos quiseram incendiar uma estrebaria fascista, e talvez até morrer pela pátria.

[8] Diminutivo de Tatiana. (N. do T.)

[9] Diminutivo de Lídia. (N. do T.)

[10] Diminutivo de Aleksandr ou Aleksandra. (N. do T.)

Depois, o velho militante se pronunciou, contando do primeiro encontro dos pioneiros no estádio Dínamo, com Maiakóvski, que declamara "Peguemos os fuzis novos, bandeirolas nas baionetas",[11] e que todos os pioneiros que participaram do encontro depois puderam andar de bonde de graça o dia inteiro, embora as passagens custassem quatro, oito e onze copeques.

Depois, todos, em coro, declamaram o juramento solene do jovem pioneiro, e todos puseram as gravatas, menos Sônia Preobrajénskaia, que, embora tivesse enfiado a gravata no bolsinho, dera um jeito de perdê-la, e pôs-se a chorar. Então Nina, a líder superior das pioneiras, tirou a gravata provisoriamente e colocou-a no pescoço da chorosa Sonka, que se acalmou.

Puseram-se a cantar "Ergam-se as fogueiras na noite azul"[12] e saíram do salão em colunas harmoniosas, mas já eram pessoas absolutamente diferentes, orgulhosas e dispostas a realizar proezas.

Na manhã seguinte, todas as pioneiras chegaram à escola um pouco mais cedo. A terceira série "B" simplesmente reluzia com aquelas quatro gravatas vermelhas. Sonka voltava a dar o nó na sua a cada intervalo. A maldosa Gáika Oganessian borrara de tinta uma pontinha vermelha que sobressaía de debaixo do colarinho de Aliôna Pchenítchnikova, que estava sentada na sua frente, e Aliôna passou o recreio inteiro chorando, mas pouco antes de terminar o intervalo Macha Tchélicheva aproximou-se dela e lhe disse, no ouvido:

---

[11] "Vozmiôm vintóvki nóvie", poema de Vladímir Maiakóvski escrito em 1927, especialmente para a revista dos pioneiros. (N. do T.)

[12] Canção dos pioneiros, composta em 1922 por Aleksandr Járov (1904-1984) e Kaidan-Dióchkin (1901-1972). (N. do T.)

A dádiva prodigiosa

— Vamos lá perguntar da sem braço para a Kolivânova?

Aliôna se animou e as duas foram até Tanka Kolivânova, que estava sentada na última carteira, cortando papel de mata-borrão rosa em pedacinhos, e perguntaram, sem nenhuma esperança, apenas por desencargo, se ela conhecia a menina sem braço T. Kolivânova.

Kolivânova ficou muito perturbada e disse:

— Que menina, ela já é grande...

— É sua irmã?! — berraram, a uma só voz, as recém-recrutadas pioneiras.

— Não é irmã, é nossa parente, a tia Toma[13] — respondeu de olhos baixos Kolivânova, que visivelmente não se orgulhava muito de sua tia célebre.

— Ela borda com os pés? — Aliôna perguntou escrupulosamente.

— Sim, ela faz tudo com os pés, come, bebe e briga — disse Kolivânova com sinceridade, mas então bateu o sinal, e elas não puderam terminar a conversa.

Durante toda a quarta aula, Aliôna e Macha pareciam sentadas em brasas, mandavam bilhetes uma à outra e a outras integrantes do destacamento de pioneiras, e quando a aula acabou, todas rodearam Kolivânova, pondo-se a interrogá-la. Kolivânova logo confessou que a tia Toma realmente costurava com os pés e de fato bordara o presente para o camarada Stálin, mas aquilo fora há muito tempo. E que ela não era heroína de guerra, e seus braços não tinham sido arrancados por balas dos fascistas, mas que ela tinha nascido daquele jeito, completamente sem braços, que morava no distrito de Márina Róscha,[14] e que para chegar lá era preciso tomar o bonde.

[13] Diminutivo de Tamara. (N. do T.)

[14] Distrito que então ficava fora dos limites de Moscou e era considerado um reduto de criminosos. (N. do T.)

— Está bem, pode ir — Aliôna liberou Kolivânova.

Kolivânova, alegre, escapou de imediato, e o destacamento das pioneiras, com o efetivo completo, realizou sua primeira reunião.

Estava claro qual era a questão principal, e de alguma forma ela se resolveu por si só: a escolha da presidenta do soviete do destacamento. Sônia escreveu com prazer em uma folha de caderno: "Protocolo". Votaram. "Todos a favor de", escreveu Sônia e, embaixo, acrescentou: "Aliôna Pchenítchnikova".

E Aliôna, instantaneamente investida de plenos poderes, foi logo pegando o touro pelo chifre:

— Acho que devemos convidar à reunião do destacamento a menina sem braço, ou seja, essa tia Tamara Kolivânova, para que nos conte como bordou o presente para o camarada Stálin.

— Mas o que eu gostei mais... tinha uma mesinha dourada, em volta umas cadeirinhas, e na mesinha um samovar com umas xícaras, e o samovar tinha uma torneirinha, e tudo era pequeno, bem pequeno, pequetitinho — disse Svetlana Bagatúria, com ar sonhador.

— Você não está entendendo — disse Aliôna com uma expressão triste —, mesinha, samovarzinho, isso qualquer um pode fazer. Mas, agora... com os pés, com os pés!...

Svetlana ficou envergonhada. De fato, deixara-se seduzir por um samovarzinho quando uma heroína vivia ao lado. Baixou as sobrancelhas frondosas e corou. E ela gozava do respeito geral da classe: era ótima aluna, era metade georgiana, morava no alojamento da Escola Superior do Partido, onde seu pai estudava, e não se chamava Svetlana por acaso, mas em homenagem à filha do camarada Stálin.

— Então — resumiu Aliôna — daremos a Kolivânova a missão pioneira de trazer a tia Tamara à nossa reunião.

Sônia vasculhou sua pasta com a mão roliça e tirou uma

A dádiva prodigiosa

maçã. Mordiscou e passou-a para Macha. Macha também deu uma mordida. A maçã não era gostosa. Macha sentia uma insatisfação confusa no fundo da alma. Embora a gravata vermelha lhe pendesse no peito com muita vivacidade e frescor, algo estava faltando. O quê?

— Posso chamar meu tio para a reunião? — sugeriu modestamente. Seu tio era um almirante de verdade, e todos sabiam disso.

— Excelente, Macha! — alegrou-se Aliôna. — Escreva, Son: o almirante Tchélichev também será convidado à reunião do destacamento.

Macha achou a palavrinha "também" ofensiva. Então a porta se abriu, entraram uns funcionários com panos e uma vassoura, e elas resolveram considerar a sessão encerrada.

A dócil Kolivânova teimava como uma mula. Não e não — e recusou-se a explicar direito por que não queria levar a tia sem braço à reunião do destacamento. Continuou teimando até Sonka dizer:

— Tan, então diga a Lidka que convide a tia.

Tanka ficou terrivelmente surpresa: como Sônia Preobrajénskaia podia saber que Lidka estava sempre indo atrás da tia? Mas concordou em falar com Lidka.

Lidka ficou muito tempo sem conseguir atinar para que as meninas da terceira série precisavam de sua tia inválida e, quando compreendeu, caiu na gargalhada:

— Ah, é de matar!

No domingo seguinte, foi com o irmãozinho Kolka,[15] de cinco anos de idade, à casa da tia, em Márina Róscha.

Toda a família Kolivánov vivia de qualquer jeito, em barracos e habitações coletivas, e apenas Tomka morava que nem gente, tinha um quarto em uma casa de tijolos com água encanada.

---

[15] Diminutivo de Nikolai. (N. do T.)

Alegrou-se quando a sobrinha chegou: Lidka não a visitava à toa. Sempre que ia, lavava a roupa e cozinhava. Contudo, não o fazia por fazer: Tomka a agraciava ora com uma nota de três, ora com uma de cinco rublos. Conseguia dinheiro, especialmente no verão.

A diferença de idade entre tia e sobrinha não era tão grande, não mais do que dez anos, tinham uma relação de amizade.

— Tomka, umas pioneiras da classe da Tanka querem convidá-la para uma reunião — Lida informou.

— Mas para quê? E ainda tenho que sair daqui? Se precisam, que venham. Mas para que precisam de mim? — espantou-se Tomka.

— Elas querem que você conte como bordou a almofadinha... — explicou Lida.

— Arre, que espertas, contar e mostrar... Que venham, eu vou mostrar muita coisa. — Estava sentada em um colchão, coçando o nariz com o joelho. — Só que não vai ser de graça. Se trouxerem uma garrafa de tinto, eu conto e mostro.

— Mas o que é isso, Tom, onde vão arranjar? — Lidka já tinha despido Kolka e estava ocupada em um canto, mexendo em uns trapos sujos.

— Então que tragam uma nota de dez. Não, quinze rublos! Vão nos ser úteis, Lid! — e riu, exibindo os dentes brancos e miúdos.

Seu rostinho era gracioso, de nariz arrebitado, apenas o queixo era comprido, e os cabelos, espessos, pesados, formavam ondas firmes, como se fossem de outra mulher.

— Que burras, nunca viram nada — balançou a cabeça, porém orgulhou-se de que toda uma delegação viria para assisti-la usar seus pés. Ela tinha essa fraqueza, a imodéstia. Gostava de surpreender as pessoas. No verão, sentava-se no parapeito, no térreo, de cara para a rua e, colocando a agulha entre o dedão e o segundo artelho, costurava. E as

A dádiva prodigiosa

pessoas que passavam se admiravam. E os bondosos depositavam um dinheirinho no pratinho branco.

Tomka fazia um aceno de cabeça e dizia:

— Obrigadinha, titia.

Normalmente eram as titias que davam.

— E você, Lidukh, vem também? Venha fazer companhia — ela convidou a parenta.

— Eu venho — prometeu Lidka.

Decidiram ir à casa de Tamara Kolivânova. Macha tinha nove rublos, e as outras economizaram o café da manhã por dois dias. As pioneiras passaram quase a semana inteira inchadas como balões de gás hélio, devido à conspiração secreta. Por alguma razão, estavam plenamente convictas de que as jovens que não pertenciam à Organização "Vladímir Lênin" de Pioneiros da União Soviética não deviam saber nada a respeito de sua vida séria e misteriosa.

Gáika Oganessian quase adoeceu de curiosidade, e Lília Jijmórskaia ficou mais sombria do que uma nuvem, pois tinha certeza de que estavam tramando algo contra sua pessoa.

Tânia Kolivânova foi advertida, com toda a severidade, de que, caso desse com a língua nos dentes, seria submetida a julgamento. Aliás, o julgamento não fora idealizado pela severa Aliôna, mas pela tagarela Sonka Preobrajénskaia. Macha, que financiara a empreitada de forma significativa, fortalecendo dessa forma sua posição abalada, ganhou ânimo.

A excursão, marcada para quarta-feira, uma semana depois do juramento solene, por pouco não desandou. Na terça-feira, a líder pioneira superior foi à classe e disse que não deviam se preocupar: fora-lhes designada uma líder de classe muito boa, da sexta "A", Liza[16] Tsípkina, mas ela estava

---

[16] Diminutivo de Elizavieta. (N. do T.)

doente e viria logo, assim que se restabelecesse, talvez no dia seguinte, e imediatamente as ajudaria a pôr em ordem o trabalho de pioneiras.

— Então não desanimem até lá — ela aconselhou.

— Não desanimamos, e já escolhemos uma presidenta — informou, animada, Svetlana Bagatúria.

— Ora, muito bem — Nina Khókhlova elogiou, fez uma anotação na caderneta e saiu.

As garotas se entreolharam e se entenderam tacitamente: não precisavam de nenhuma líder Tsípkina.

Na manhã seguinte, avisaram em casa que não voltariam da escola na hora habitual, devido a um evento dos pioneiros. Esconderam-se no banheiro em todos os intervalos, para a eventualidade de Liza Tsípkina ter se restabelecido naquele dia e querer passar a liderá-las.

Após cumprirem suas obrigações, as pioneiras, o efetivo completo, levando ainda consigo a Kolivânova sem partido, esconderam-se atrás da escola, no depósito de carvão, à espera de Lida, que tinha cinco aulas.

Com a chegada de Lida, foram em grupo à parada do bonde. Macha Tchélicheva lançava olhares vigilantes para os lados: tinha a impressão de que alguém as seguia.

Esfriara bastante ao longo da última semana, caía uma nevezinha aguada. Mas não chegaram a ficar congeladas, o bonde que precisavam tomar chegou muito rápido. Não havia muita gente nele, de modo que até conseguiram se sentar nos bancos amarelos de madeira.

As irmãs Kolivánov não estavam encantadas nem nervosas com a excursão. Svetlana Bagatúria, embora fosse de outra cidade, também era livre para se deslocar, até ia à Galeria fazer comprinhas. Porém, era a primeira vez que Aliôna, Macha e Sônia tomavam o bonde sozinhas, sem adultos; ao comprar suas passagens, desabotoaram os colarinhos dos sobretudos para que todos pudessem ver suas gravatas vermelhas, sinal indubitável de independência.

Márina Róscha revelou-se um lugar distante, um matagal completamente desarborizado, a não ser por umas ervas daninhas enegrecidas e, de resto, exclusivamente constituído de galpões, pombais e barracos, com cordas grossas firmemente presas na madeira de compensado, nas quais a roupa lavada balançava.

A segurança de repente abandonou Aliôna. Nunca tinha visto lugar tão desolado, tinha vontade de voltar para casa, sua elegante casa na alameda Orujêinaia, tão perto daquele palácio com os leões de juba congelada e traseiro descarnado sentados junto aos portões...

— Vamos descer — disse Lida, e as garotas se amontoaram na porta em silêncio. O bonde parou com um ruído prolongado e, não havendo nada a fazer, todas saltaram do estribo alto.

Ao lado da parada do bonde havia duas casas de tijolo de dois andares; as demais residências eram de tábuas de madeira meio soltas, e ao longe avistavam-se algumas autênticas isbás de madeira, e ainda por cima com poços d'água. Não se via gente, apenas uma mulher curvada, de botas de feltro e sorriso largo, que corria de casa em casa. De repente um galo cantou, e um outro respondeu de imediato.

— É para lá que nós vamos — com algum orgulho, Lidka apontou para a casa de tijolos.

Ela abriu a porta principal e adentraram o corredor escuro. Só havia uma pequena lâmpada acesa no andar de cima, não dava para ver quase nada.

— Para lá, para lá — apontou Lidka, e todas se detiveram em uma segunda porta, atrás da qual havia mais um corredor, que fazia uma curva.

— É aqui — disse Lida, batendo com o punho na porta e abrindo sem esperar resposta.

O quarto era pequeno, comprido, escuro. Junto à janela havia uma tarimba de madeira, e nela estava deitada uma pessoa que parecia uma menina grande, coberta até a cintura por uma manta grossa. Ela se sentou, as pernas grandes estendidas no chão. Seu vestido parecia ter aletas nos ombros, mas não se viam braços sob aquelas aletas vazias. Quando caminhou pelo quarto, revelou-se que era pequena, magrinha e lembrava um patinho, pois seu passo era meio instável, as pernas pareciam terminar dos lados do tronco, os pés eram de uma largueza rara e os dedos eram grandes, gordos e bastante separados.

— Ah! — disse Svetlana Bagatúria.

— Oh! — disse Sônia Preobrajénskaia.

As outras ficaram em silêncio. A mulher sem braço disse:

— Ora, entrem, já que vieram. Por que estão amontoadas na porta?

Aliôna, em vez de dizer a longa frase que preparara para abrir a reunião, disse, em tom modesto:

— Olá, tia Toma.

Nesse momento, por algum motivo, sentiu mais vergonha do que jamais voltaria a sentir na vida.

— Vai, Lidka, prepare a chaleira — Toma ordenou à sobrinha mais velha, e depois observou com orgulho: — Temos torneira na cozinha, não vamos ao poço.

— Na nossa casa também tinha um poço — disse Svetlana com seu maravilhoso sotaque georgiano.

— Mas de onde você é, escurinha? Armênia, cigana? — perguntou, bonachona, a sem braço.

— Ela é georgiana — respondeu Aliôna, em tom grave.

— Aí é outra coisa — aprovou Toma. — Pois bem — prosseguiu, zelosa e alegre, como se não quisesse, por causa daquela bela coisinha georgiana, passar ao assunto importante e de grande interesse que as fizera ir até lá —, trouxeram o meu agrado? Passem para cá — e estreitou o quei-

A dádiva prodigiosa

21

xo comprido contra o peito, e todas perceberam que, em seu peito, havia uma bolsinha feita da mesma chita verde do vestido.

Sentindo de forma excruciante a injustiça da vida, Aliôna abriu o cadeado da pasta, tirou um punhado de rublos amarrotados e os colocou na bolsinha de pescoço, corando de tal forma que seu nariz chegou a suar.

— Está aqui — balbuciou —, obrigada.

— Mas olhem, já que vieram, olhem — Tomka apontou com o queixo na direção da parede. Ali havia bordados e estampas. Nas estampas estavam desenhados gatos, cachorros e galos.

— As estampas também são suas? — Macha perguntou, perplexa.

Toma assentiu.

— Com os pés? — perguntou Bagatúria, de forma estúpida.

— Como eu quiser — riu Tomka, exibindo, por entre os dentes pequenos, a língua comprida de extremidade pontuda. — Se quiser, com os pés, se quiser, com a boca.

Baixou a boca até a mesa, sacudiu o queixo abruptamente e ergueu o rosto. No meio de sua boca sorridente destacava-se um pincel. Passou-o rapidamente de um canto a outro, depois sentou-se no leito, ergueu o pé, torcendo a articulação do joelho de forma estranha, e o pincel apareceu preso entre os dedos dos pés.

— Pode ser o direito, pode ser o esquerdo, tanto faz. — E passou habilmente o pincel de um a outro pé, pôs a língua de fora e fez um complicado movimento de ginástica.

As garotas se entreolharam.

— Então você consegue desenhar o retrato do camarada Stálin com o pé... — Aliôna continuava tentando encaminhar o assunto na direção necessária.

— Consigo, claro. Mas gosto mais de desenhar gatos e galos — esquivou-se Tomka.

— Ah, aquele gatinho cinza é um encanto, igualzinho ao nosso — Svetlana Bagatúria apontou com admiração para o retrato de um gato com listras horizontais irregulares.

— A nossa Marquesa ficou com a vovó em Sukhumi. Tenho tanta saudade dela!

— Eu gosto dos galos... Daquele, colorido — disse a Kolivânova caçula, de modo inesperado para todos.

— Puxa, você nunca disse isso, Tanka — espantou-se a artista.

— Mas nos conte do presente — Aliôna Pchenítchnikova, por sua vez, persistiu em seu objetivo.

— Você só quer saber desse presente — Tomka ficou quase zangada.

Mas então chegou Lidka, e anunciou:

— Tom, o querosene acabou, não tem querosene.

— Não tem e não precisa — Tomka agitou o pincel preso nos dedos dos pés. — Venha cá. Mais perto.

E Tomka cochichou algo secreto no ouvido de Lidka. Lidka assentiu, tirou a bolsinha do pescoço de Tomka e foi até a porta para se vestir.

Sentando-se de forma mais cômoda, com as pernas mais ou menos cruzadas e movendo o pincel, Tomka começou a contar:

— É o seguinte. O presente... — riu com um riso sarcástico e solto. — Meu trabalho não foi em vão. Passei muito tempo bordando, dois meses, talvez quatro. A vizinha Vassiliska mandou pelo correio, e eu pedi para ela já pagar a carta-resposta. — E voltou a rir, mas depois ficou séria. — Bem, falando francamente, não contava muito com a resposta... Mas chegou. Um papel grande, da chancelaria, um selo em cima, outro embaixo, de agradecimento. Estava escrito as-

A dádiva prodigiosa

sim: Moscou, Krêmlin... Pensei: veja lá, caro camarada Stálin, não vá me desapontar.

As garotas se entreolharam. Aliôna fitou Macha com um olhar aflito.

— E em Nakhalov nós morávamos em barracos. Uma parede era puro gelo, se fosse aquecer como se deve, ia escorrer água, e éramos seis naquele cubículo. Nossa mãe, uma caipira, a irmã, Marússia, uma bêbada, molambenta, porra-louca, com seus bastardos remelentos... — Tomka encarou severamente as garotas limpíssimas e petrificadas. — Ninguém tinha nada na cabeça, não conseguiam cuidar de si mesmos, muito menos de mim, sem braço. Ai daquele a quem Deus não deu um cérebro, eu digo. Pois bem, coloquei o papel nos dentes e fui à seção de moradia...

Svetlana Bagatúria tinha o queixo apoiado no punho e chegava a abrir a boca de tão absorta. Sonka não entendia nada, e Macha Tchélicheva inspirava pesadamente aquele ar empesteado, constrangida, e o expirava com um constrangimento ainda maior.

— Cheguei, tinha uma fila no escritório, e eu, sem mais, abri a porta com a perna e entrei. Eles me viram e ficaram sem reação. — Ela deu um risinho vaidoso. — E eu, na mesa maior — expeliu ar pela boca com um ruído indecoroso —, larguei o papel e disse: vejam, prestem atenção, o grande camarada Stálin, pai de todos os povos, me conhece pelo nome, escreve para mim, uma aleijada, exprime sua gratidão pelo zelo dos meus pés, e meu espaço de habitação é tão pequeno que não dá para colocar um penico para mijar. Onde está o zelo de vocês, quantas vezes a gente pediu, pediu... Agora vou me queixar ao próprio camarada Stálin... Pois bem, entenderam agora, pioneiras? Posso dizer que esse quarto em que estou morando veio do próprio camarada Stálin em pessoa!

Ela retorceu a boca e enrugou o nariz.

— Vocês não entendem nada, suas mijonas. Vistam os casacos e raspem-se daqui — disse, com raiva inesperada. Depois desceu do colchão e pôs-se a cantar, com voz alta e estridente, batendo os calcanhares nus e sacudindo os quadris: — Pe-pi-nos, to-ma-ti-nhos...

As meninas recuaram até a porta, abraçaram suas pequenas peliças e se mandaram pelo corredor. De trás da porta, ouviu-se o grito de Tomka:

— Tanka! Tanka! Para onde vai?

Porém, Tanka Kolivânova, em solidariedade, também pegara o seu casaco. Empurrando-se, saíram correndo pelo corredor curvo e, forçando a porta principal, todas ao mesmo tempo, mandaram-se pela rua.

Já estava completamente escuro. Cheirava a neve e fumaça, as estrelas pacíficas do campo pairavam no negrume do céu. Correram até a parada do bonde e se amontoaram ao lado da plaquinha de metal. Sonka e Svetlana não tinham nada a dizer, Macha respirava pesadamente — começara o primeiro ataque de asma de sua vida, dos quais posteriormente haveria muitos —, e Aliôna derramava lágrimas constantes de seus cílios espessos e cerrados.

Estava tão infeliz quanto era possível imaginar, mas não entendia por quê.

"Nojenta, nojenta, trapaceira", pensava, "e nem gosta do camarada Stálin..."

— Vou levar uma bronca em casa — disse a insensível Sonka, para quem tudo se resumia a isso.

Duas mulheres de peliça rústica curtas chegaram à parada e ficaram de pé. Dessa vez, tiveram que esperar bastante. Por fim, soou ao longe o repique maravilhoso e elas puderam ver com clareza o bonde surgindo atrás da cancela. Quando já estavam entrando, apareceu Lidka. Tinha cumprido a incumbência de Tomka e viera correndo atrás da irmã.

A dádiva prodigiosa

E Tomka, com uma garrafa na sua bolsinha de pescoço, sem calçar as alpargatas, subiu ao andar de cima e bateu com o calcanhar nu em uma porta marrom. Não lhe responderam. Então virou-se, deu um passo para trás, pôs o pé na maçaneta com habilidade e, cambaleando, abriu a porta. Dentro estava escuro, mas isso não tinha importância.

— Iegóritch! — chamou da soleira, mas ninguém respondeu. Enfiou-se nas profundezas do quarto. No canto jazia um colchão e, no colchão, Iegóritch. Ela ficou de joelhos: — Iegóritch, apalpe aqui o que eu trouxe. Pegue, veja... Ora, vamos logo! — apressou-o.

E Iegóritch, que praticamente ainda não tinha acordado, ergueu a cabeça desgrenhada de seu travesseiro grande e sebento, esticou a pata retorcida para a sacolinha de Tomka e, com voz sonolenta e bonachona, disse:

— Tudo para você é "vamos logo"... E então, o que trouxe?

Aquele era o seu namorado, e ela lhe trouxera uma dádiva. Ela até podia beber um pouquinho, mas na verdade não gostava de beber. Do camarada Stálin, como ficara claro para a chorosa Aliôna Pchenítchnikova, ela também não gostava de verdade...

FILHAS DE OUTRO

Os fatos são os seguintes: primeiro nasceu Gayané, sem causar à mãe nenhum sofrimento acima do esperado. Quinze minutos depois, veio ao mundo Viktória, provocando duas grandes lacerações e muitos pequenos estragos nos portões sagrados, pelos quais é tão doce e fácil entrar, mas tão difícil e doloroso sair.

A aparição tão tempestuosa da segunda filha foi completamente inesperada para a experiente parteira Elizavieta Iákovlevna, e enquanto ela aplicava ligaduras e tentava deter o sangramento até a chegada do cirurgião de plantão, que mandaram buscar em outra seção, Viktória gritava com força, revirando os pequenos punhos cerrados, e Gayané dormia tranquilamente, como se nem tivesse percebido a passagem pela pontezinha frágil que levava de um abismo a outro.

Apesar do rebuliço que se formou em torno da parturiente, Elizavieta Iákovlevna conseguiu observar para si mesma que as gêmeas eram univitelinas, e isso não era muito bom — ela era da opinião de que os gêmeos univitelinos são mais fracos que os bivitelinos —, e também atentou para a circunstância divertida de que, pela primeira vez em sua carreira, gêmeos davam um jeito de nascer em dias diferentes: a primeira, em 22 de agosto, e a segunda, quinze minutos mais tarde, mas já depois da meia-noite, no dia 23.

Enquanto a mãe das meninas, Margarita, sem se rebaixar aos geralmente permitidos berros de parto, nadava em um rio de águas pesadas, ora lançada às margens negras e sólidas da inconsciência profunda, ora voltando a ser atraída para as águas ardentes e fortes com velocidade nauseante, as meninas eram mantidas na enfermaria infantil, semana após semana, alimentadas pela generosidade de mamas alheias.

No final do primeiro mês, após a mãe das meninas passar por uma grande operação que a privou da possibilidade de continuar a germinar os valiosos grãos da descendência, e quando a infecção sanguínea subsequente, surgida, contra os prognósticos dos médicos, no estado intermediário, começava a sarar lentamente, Emma Achótovna, a avó, levou as meninas para casa. Nessa época, conseguiu trocar seu bom cargo de direção pelo trabalho como contadora no escritório de habitação do prédio vizinho, para ter a possibilidade de correr até as crianças no meio do dia e alimentá-las.

Em casa, ao desatar pela primeira vez aqueles dois feixezinhos bem apertados que tinham lhe dado na maternidade em troca de um recibo, vendo como sua pobre pele estava malcuidada, ela chorou. Viktória, que, aliás, ainda era anônima, também se pôs a chorar — com maldade, de jeito nada infantil e com lágrimas grandes. Aquelas primeiras lágrimas de sua família estendida decidiram tudo: Emma Achótovna horrorizou-se com sua aversão secreta pelas netas recém-nascidas, que quase tinham custado a vida de sua preciosa filha, e foi à cozinha ferver azeite, para, depois do banho, passar nas dobrinhas assadas.

Já depois de alguns dias, a atenta Emma Achótovna constatou que Viktória — ela a chamava, para si, de *yergrort*, "segunda", em armênio — urrava furiosamente se a garrafinha de leite fosse primeiro para sua irmã. A irmã mais velha, que a avó chamava de *arachin*, "primeira", em geral não tinha voz.

Deitadas cada uma com a cabeça virada para uma extremidade da caminha de balanço feita pelo tio Vássia, carpinteiro, e recebendo as garrafinhas quentes das mãos da avó, sobrecarregadas de anéis e inchaços nas articulações, elas cumpriam com afinco e honra seu dever para com a vida: sugavam, arrotavam, digeriam e expeliam de si, com gemidos de satisfação, os restos amarelados e queijosos do leite conseguido com dificuldade.

Eram muito parecidas: cabelinhos escuros e espessos salientavam a linha da testa baixa e larga; a penugem suave que lhes cobria os rostos condensava-se em sobrancelhas finas e longas, e o lábio superior, como o da mãe e o da avó, tinha a forma de um bulbo, e era exatamente nessa fissura imperceptível, porém nítida, que se manifestavam suas origens sanguíneas e familiares. Embora ambas as meninas fossem minúsculas, a mais velha, na opinião de Emma Achótovna, era mais magra e mais graciosa.

Seguindo o conhecido sistema de superstições populares, e acrescentando ainda as suas próprias, de certo modo autorais, Emma Achótovna não mostrou as meninas a ninguém, exceto à velha Fênia, uma vizinha que a ajudava no trabalho doméstico já havia muitos anos. Contudo, enquanto Fênia examinava à distância indicada aqueles dois milagres fungadores da natureza, Emma Achótovna, trançando os dedos de forma extravagante, dava cuspidinhas nas quatro direções. Isso afastava o mau-olhado, ao qual são particularmente suscetíveis, como se sabe, os bebês de até um ano de idade e as moças casadouras.

Emma Achótovna era uma pessoa original, tinha o seu sistema de vida, no qual conviviam em pé de igualdade regras morais severas, uma educação superior inconclusa, um conjunto das mencionadas superstições e também de veleidades e caprichos erigidos segundo um princípio próprio, que, aliás, eram absolutamente inofensivos para aqueles que a rodeavam. Entre esses últimos constava, por exemplo, a recusa absoluta ao cordeiro, tão comum na cozinha armênia, a fé inabalável nas propriedades curativas da folha de marmelo, o medo das flores amarelas e o hábito secreto de enunciar para si séries de números, como outros desfiam as contas de um rosário. Era assim, com a ajuda desse jogo peculiar, que ela normalmente resolvia seus problemas cotidianos.

Contudo, seu problema atual era tão complicado que, mesmo com seus números favoritos retinindo docilmente em sua cabeça enorme sob os cabelos volumosos, ela não conseguia tratar dele.

Havia muito tempo que aquelas crianças eram esperadas. Sua filha, Margarita, em idade muito jovem, ainda antes de chegar aos dezoito, casara-se com seu grande amor, não exatamente contra a vontade dos pais — do pai professor acadêmico e da própria Emma Achótovna, representantes de uma antiga família armênia —, mas antes frustrando suas expectativas... O escolhido de Margarita era de origem camponesa, já em idade viril avançada. O barro armênio no qual ele fora moldado endurecera cedo e já na infância perdera a plasticidade. O surgimento de Margarita em sua vida fora o último fato a completar a forma definitiva de seu caráter sólido.

Ele sempre reagia com reserva às novas ideias, com suspeita às pessoas desconhecidas, encarava com repugnância tudo o que era complexo, e seu talento invulgar como engenheiro possivelmente brotara do desejo, peculiar à sua natureza, de resolver todas as complicações do jeito mais simples.

Escolheu Margarita como esposa quando esta, com a mãe, visitava a aldeola dos parentes, nas montanhas, aonde ele, cumprindo um dever familiar, ia para ver um tio de idade avançada. Por três dias observou Margarita, de doze anos de idade, do jardim de seu tio, através das grandes folhas luminosas de figo, e cinco anos depois casou-se com ela. Ela se tornou a deusa de sua vida, a delicada e meiga Margarita, coberta dos pés à cabeça de penugem de pêssego.

Antes do casamento, ele era ambicioso, progredia bem no serviço, possuía algumas patentes de invenções, mas a felicidade conjugal foi desde o começo tão intensa que ofuscou todos os papéis vegetais e cópias heliográficas do mundo.

Assim se passaram alguns anos, e a felicidade se nublou um pouco: ele ansiava por filhos, mas os filhos, em que pesem seus esforços aplicados, não germinavam. A expectativa extenuante e infrutífera fez dele, que era de natureza reservada, melancólico, e Margarita, compartilhando dos anseios de descendência do marido, sentia uma culpa indefinida. Já haviam se passado dez anos desde o casamento, ela continuava jovem e delicada, como um filhote de rena da Disney, enquanto ele envelhecia, empanava-se, e mesmo suas habilidades de engenheiro, tão brilhantes na juventude, decaíam de certo modo.

Pouco antes da guerra, Sergo recebeu um posto no Extremo Oriente e partiu para o novo lugar de trabalho. Margarita devia segui-lo depois de um breve porém indeterminado período de tempo. Ela já colocava a roupa branca engomada em caixas de papelão e embrulhava as xícaras de porcelana em jornal amarrotado quando a guerra começou. O pai de Margarita, Aleksandr Arámovitch, um grande orientalista, conhecedor de dezenas de línguas mortas e semimortas, que já previra a guerra com bastante antecedência e com enorme precisão de data — no círculo doméstico, obviamente —, sofreu um ataque de paralisia na noite daquele infeliz domingo de junho.[17] Margarita não partiu a lugar nenhum: por mais de um ano, rodeado do amor de despedida da esposa e da filha, completamente privado da fala, praticamente imóvel e com uma consciência absolutamente lúcida, o

---

[17] O ataque nazista à URSS na Segunda Guerra Mundial aconteceu em 22 de junho de 1941. (N. do T.)

professor ficou em seu gabinete estreito escutando o crepitar da transmissão escondida do confisco, recheada de discursos em alemão e inglês, que ele também entendia muito bem. No final de novembro de 1942 ele faleceu.

Uma semana após o enterro, quando Margarita já se preparava para combinar com Emma Achótovna sua ida até Sergo, ele mesmo apareceu sem avisar. Durante aquele ano, por estranho que possa parecer, ele tinha rejuvenescido, emagrecido, tornara-se de alguma forma recomposto e renovado.

Como se esclareceu, tentara durante muito tempo a transferência para o exército da ativa — para o "teatro de operações", como dizia antiquadamente o finado Aleksandr Arámovitch —, e agora, por fim, estava a caminho do front.

Na casa tristemente transformada, ainda cheia de traços de doença e de morte, ele passou milagrosamente a noite de despedida que lhe cabia, e de manhã cedo Margarita foi acompanhá-lo a Mitíschi, de onde saía o trem. Ao regressar, ela deitou de bruços no leito, abraçou o travesseiro, que cheirava a perfume forte de água de colônia masculina, e ficou deitada assim por quatro dias e meio, até que o aroma finalmente evaporou.

Mãe e filha pertenciam à mesma estirpe das mulheres orientais que amam seus maridos de forma intensa, imperiosa e abnegada. Aliaram-se e vivenciaram um sentimento unificado de tristeza pela partida de Aleksandr Arámovitch para o campo silencioso, e de inquietação por Sergo, que partira pelo caminho de ferro adjacente, mais barulhento.

Nos cinco meses seguintes, Margarita recebeu do marido, ao todo, três cartas, cada uma com um número diferente do correio de campanha.

Nessa época ficou sabendo que alguns desajustes femininos, que inicialmente atribuíra ao esgotamento e à anemia, estavam ligados à chegada do marido naquele dia e hora em que as estrelas eram propícias ao nascimento de sua filha. De que seria uma filha, Margarita não duvidava; que seriam duas, não previu.

Emma Achótovna, compartilhando da alegria inesperada da filha, tapou-lhe a boca com a mão: calada!

E Margarita calou. Apenas em uma carta aludiu nebulosamente ao marido sobre as novas circunstâncias, mas Sergo não decifrou a mensagem codificada. Nem sequer passou pela cabeça de Emma Achótovna, que apesar de complicada era crédula, a profundidade da catástrofe engendrada pelo silêncio supersticioso.

Emma Achótovna mandou a notícia do nascimento das crianças ao genro algumas semanas após o evento, quando ficou claro que a vida de Margarita estava fora de perigo. Em resposta, foi recebido um telegrama de conteúdo estranho. "Parabéns pelas recém-nascidas. Sergo."

Assim que se recuperou, Margarita escreveu ao marido uma carta longa e alegre, mas a resposta estava demorando muito.

Ao sair do hospital, Margarita começou a se apoderar do papel de mãe, para o qual revelou-se não muito talentosa. Aquelas duas meninas pequenas, que graças aos esforços de Emma Achótovna já se enchiam de carne, por pouco não a tinham levado para o outro mundo, e agora despertavam nela um sentimento de medo. Tinha medo de pegá-las nos braços, de deixá-las cair, de causar-lhes dor. Mas a verdadeira natureza desse medo revelava-se apenas nos sonhos que ela tinha quase todas as noites. Eram sonhos bastante variados, começavam de qualquer jeito, no primeiro lugar que calhasse, mas terminavam impreterivelmente com a aparição de duas criaturas hostis, sempre pequenas e simétricas. Assumiam ora o aspecto de dois cães, ora de dois fascistas caricaturais com fuzis automáticos, ora de uma planta rasteira que se bifurcava em duas.

Afugentando aquela vaga e forte ansiedade, aprendeu a

amar as filhas, aguardando com tensão uma carta de resposta do marido.

E Sergo, ao receber o telegrama inesperado, afundou em fogo infernal. Era como se aquele fogo real, físico, cujos traços frequentemente descobria nos tanques em manutenção sob a forma de carne queimada, encrostada no metal, se tivesse instalado em seu coração e agora bramisse em sua medula óssea.

Na juventude temera as mulheres, considerando-as seres baixos e depravados. Abrira exceção para a finada mãe e para a esposa. Mas agora sua fé em Margarita como uma criatura elevada e irrepreensível desmoronara de vez.

Todas, todas, todas eram... E proferiu aquela palavra trivial, calva, rosada como vômito, com uma satisfação sádica e um sotaque inextinguível. "Pu-tas" — essa era a palavra. A traição da esposa, para ele, era indubitável, e não faria nenhum cálculo mesquinho dos períodos femininos.

Sabe Deus de que profundezas lhe surgiu, de repente, a imagem de um colega de classe de Margarita, o menino judeu Micha, cruelmente apaixonado por ela desde a primeira série, e que continuava atrás dela ainda na décima, quando Margarita já era noiva de Sergo. Era um violinista afeminado e delicado, e Sergo não conferiu então nenhuma importância a isso, embora se enervasse, em silêncio, ao ver os pequenos maços de plantas despojadas que Micha frequentemente arrastava até Margarita. O próprio Sergo presenteava a noiva com rosas correspondentes à sua dignidade.

E agora aquele anão surgia de forma impertinente — abraçando Margarita. Não podemos dizer que tenha visto essa imagem em sonho. Ele a construiu em sua imaginação, com autenticidade inconcebível, e sua memória servilmente acrescentou detalhes reais, na forma de uma japona marrom de cotelê com um enorme fecho-éclair no peito e um denso amontoado de espinhas rosadas concentrando-se no intercílio do rosto branco e limpo do jovem, que ele só vira uma ou duas vezes.

Sergo evocava essa visão com frequência, desenvolvendo-a em direções diversas e interessantes, acendendo dentro de si o fogo do ciúme com tamanha força que toda a guerra trovejante ao seu redor, que já se transformara em rotina, era engolida por esse fogo como se fosse uma ervinha seca.

Então mandou para casa um telegrama pensado por três dias. E na carta, que cabia em três quartos de uma folha de caderno escolar, escrita com letra bem grande, ele empregou duas semanas.

Naquela tão esperada carta, Margarita leu que ele estava contente por ela ter tido filhas, mas não queria ser corno. Se ela tinha um homem, que se divorciasse e casasse com o outro, e caso o canalha não quisesse desposar a mãe de suas filhas, então que tudo ficasse como estava. A guerra era longa, ele poderia ser morto, e assim as filhas dela teriam o nome honrado de Oganessian e até receberiam uma pensão por isso. Qualquer coisa era melhor do que não terem pai.

Ao receber a carta, Margarita voltou a se deitar de bruços na cama e se dirigiu ao marido em um longo monólogo, inicialmente impetuoso e desordenado, mas que gradualmente se converteu em uma estrutura monótona, em forma de anel: nós nos amamos tanto, você queria tanto um filho, eu te dei logo duas e você diz que não são suas, mas eu não tenho culpa nenhuma perante você, como pode não acreditar em mim, pois nós nos amamos tanto, você queria tanto um filho, eu te dei logo duas...

Abalada e experimentando um sentimento de culpa, Emma Achótovna organizou em perspectiva inversa duas colunas de números, múltiplos de treze e dezenove, e percebeu, alheada, que iam ficando azuis e lilases à medida que se afastavam, ao mesmo tempo em que ela tateava o fiozinho dourado de uma solução genial e fantástica, que faria tudo vol-

Filhas de outro

35

tar para trás, até o momento do erro incompreensível, e então tudo se organizaria de forma sábia, pacífica, para a felicidade de todos.

Mas Margarita não se levantava da cama. E Emma Achótovna começava o dia erguendo a filha, levando-a à privada, ao banho, lavando-a, dando-lhe chá e recolocando-a na cama.

Com o tempo, ela reformulou: não punha Margarita deitada, e sim sentada na poltrona, cobrindo-lhe as pernas com uma manta. Margarita respondia às perguntas de forma monossilábica, com uma tremenda falta de vontade. Pelo movimento de seus lábios, por suas palavras isoladas, quase inaudíveis, Emma Achótovna compreendeu que a filha repetia uma mesma coisa milhares de vezes e tentou arrancar Margarita de sua paralisia mental. Levava-lhe as meninas e as punha a seu lado. Margarita baixava na direção delas os dedos translúcidos, abria um sorriso luminoso e ensandecido, e seus lábios se moviam o tempo todo, clamando de forma inaudível pelo marido de coração de pedra.

Deitadas cada uma com a cabeça virada para um lado, bastante agasalhadas, superaquecidas como *pirojki*[18] no forno — o que Emma Achótovna mais temia no mundo era o frio —, por muito tempo as meninas dormiram na mesma caminha. A mãe mal reagia a elas, o pai sofria com o simples fato de elas existirem, e apenas a avó as aceitara como uma dádiva dos céus, com amor e gratidão, envergonhando-se de sua aversão inicial a elas, e até mesmo Fênia, a vizinha e ajudante, inclinava-se sobre elas, sorrindo com a mesmíssima boca desdentada das meninas, e arrulhava com voz doce:

— Nenê, nenê, nenezinho...

---

[18] Plural de *pirojók*, pãozinho recheado que pode ser assado ou frito. (N. do T.)

Depois trouxeram uma segunda caminha, e elas cresceram olhando uma para a outra, como para um espelho, cada uma copiando rapidamente os hábitos da outra, macaqueando-se eternamente. Com ternura e um interesse quase científico, Emma Achótovna reparava em todos os traços de semelhança entre elas, em todos os vestígios de diferença: a mais nova parecia ser canhota, sua pele era um pouco mais morena e mais grossa, os cabelos eram mais escuros, as mãos, maiores. A nádega esquerda da mais nova tinha uma marca em forma de coroa invertida de três dentes. Gayané também tinha um sinal, mas na nádega direita, e sua forma era um tanto borrada. Em compensação, os dentes das duas começaram a crescer exatamente no mesmo dia, e elas comiam a mesma comida com satisfação, recusando sempre e conjuntamente as cenouras, em qualquer aspecto que aparecessem na mesa.

A seu tempo, começaram a sentar, ficar de pé, dar os primeiros passos e os primeiros avanços uma contra a outra.

A correspondência de seus pais concluíra-se com aquela última carta de Sergo. Depois prosseguiu exclusivamente entre Sergo e a sogra. Emma Achótovna, tão cruelmente malograda em seu hábito de comandar, de intervir em todos os pormenores da vida da filha, agora fazia de conta que nada acontecera, fornecia ao genro relatos precisos a respeito das crianças e terminava as cartas com uma frase funcional: "O estado de Margarita é sempre o mesmo".

Sergo respondia de forma breve e burocrática, sem jamais mencionar o nome de Margarita; já a sogra, apesar de todo o respeito aparente, ele desde antes a considerava uma velha bruxa.

Tendo sobrevivido à temporada infernal de ciúme, decidiu com firmeza que a esposa indigna estava riscada de sua vida. Mas revelou-se que, com isso, era como se tivesse riscado a si mesmo da lista dos vivos. Provavelmente, foi assim

Filhas de outro

que enganou a morte. Ela não o notou. Participando de todas as grandes batalhas de tanques, de Kursk ao combate nas colinas de Seelow, ele consertava os tanques danificados e mais de uma vez tirou do cerco as máquinas reparadas por ele. Certa vez, em uma retirada, ficou restaurando um tanque danificado no jardinzinho público mirrado de uma cidade que já havia sido rendida, e saiu com ele à noite, quando a cidade já estava cheia de alemães.

Pediu muitas vezes para ser transferido para uma guarnição de combate, para mais perto da morte. Tudo em vão. E a brisa das balas nunca passou por sua testa larga e baixa.

— Está enfeitiçado... — dizia-lhe seu amigo Filíppov.

A guerra acabou. Foi declarada a vitória. E aquele dia, para Emma Achótovna, foi um dia de lembranças pesarosas, de quando seu marido desabara no chão para não mais se levantar, da última vinda de Sergo e de todos os disparates horríveis que ele proferira após o nascimento das filhas.

Emma Achótovna comunicou o fim da guerra a Margarita. Esta assentiu debilmente:

— Sim, sim...

— Agora Sergo vai voltar — disse Emma Achótovna, sem convicção.

— Sim, sim — Margarita afirmou com indiferença, fascinada, como sempre, pela conversa incessante com o marido ausente.

Foi no meio de julho, de manhã cedo. Ele chegara a Moscou à noite e passou algumas horas na frente da casa em que transcorreram os anos mais felizes de sua vida. Não conseguia decidir se entrava naquela casa ou seguia imediatamente rumo a Erevan, para junto de seus irmãos e irmãs, dos novos sobrinhos que haviam nascido. Nunca acreditou na doença de Margarita e tinha um medo mortal de que o violinista Micha abrisse a porta ao chamado da campainha, e então ele mataria aquele aborto, mataria aquele cão dos diabos, simplesmente o esganaria com as mãos.

Sergo rangeu os dentes de um branco insuperável e se afastou daquela casa amaldiçoada. Foi para a região dos portões de Nikitski, virou na Spiridônovka, fez um círculo e regressou à querida casa na travessa Merzliakóvski.

Pouco depois das seis, finalmente decidiu ir embora, lançou um olhar de despedida à sua antiga janela, no primeiro andar, e viu as cortinas familiares se abrirem, reconhecendo a mão da sogra com seus anéis opacos.

Atravessou a porta de entrada e quase perdeu a consciência com o cheiro das paredes — era como o cheiro do seu próprio corpo. Subindo ao primeiro andar, tocou quatro vezes, e Emma Achótovna, como se estivesse intencionalmente junto à porta, abriu-lhe sem demora. Estava vestida, penteada, segurando uma pequena panelinha de cobre. Ele beijou a sogra maquinalmente e entrou no aposento. A casa estava, como antes, dividida em três cômodos: a antessala, em separado, a sala de jantar, sem janelas, e dois compartimentos pequenos, de portas corrediças, com uma janela quadrada em cada um. O quartinho da esquerda fora o gabinete do sogro, o da direita era ocupado por ele e Margarita. Tocou na porta, ela correu pelo trilho estreito — uma invenção do finado Aleksandr Arámovitch. Margarita não estava lá.

Uma menina de olhos negros, sentada em uma caminha, mastigava a ponta de um lençol; uma outra estava de pé na mesma caminha, segurando de lado uma lebre de pelúcia. Viktória cuspiu o lençol que não terminou de comer e cravou os olhos no homem com interesse. Gayané deu um grito desesperado e largou a lebre. Vika[19] refletiu e bateu no peito dele com a mãozinha gorda.

[19] Diminutivo de Viktória. (N. do T.)

Filhas de outro

— Tio mau! — afirmou. — Vai embora!

Sergo recuou de costas até a sala de jantar, onde Emma Achótovna abanava os braços, suplicando:

— Serioja, elas vão se acostumar, vão se acostumar... Ficaram assustadas. Nunca viram um homem.

Mas Sergo já estava abrindo a outra porta corrediça, preparado para ver qualquer coisa menos aquilo... A pálida Margarita, ainda mais parecida com uma gazela do que na juventude, a cabeça meio grisalha, fitou-o com o olhar ausente e fechou os olhos. Conversava com seu marido, e não queria que a distraíssem.

— Margô — ele chamou em voz baixa —, sou eu.

Ela abriu os olhos e disse, doce e nitidamente:

— Sim? — E deu-lhe as costas.

— Doente. Muito doente — ele acreditou, por fim.

Baixando os olhos avermelhados, apertando a testa com as mãos largas, que ainda por alguns anos emanariam o cheiro de metal queimado da guerra, sentou-se à mesa, em silêncio. Emma Achótovna agitava-se entre as netas que urravam, a filha alheada e o genro calado. Fazia cintilar pedras enormes nas mãos esfalfadas, farfalhava o velho vestido de seda cor de pavão e falava com sua bela voz grave, com as guturais que nunca desapareciam da fala dos armênios, falava de forma triunfal e ao mesmo tempo corriqueira:

— Você voltou, Sergo. Você voltou. Tantos caíram, mas você voltou. Por três anos, dia e noite, seu nome não saiu dos lábios dela. Veja como velou por você diante do Senhor. As meninas são suas, são duas velinhas que ela segurou por você...

Sergo não tirava a mão da testa. Sua mulher era uma traidora e uma "pu-ta", mesmo que estivesse doente. As filhas eram de outro. Porém, a abóbada de ferro fundido que ele carregava nos ombros petrificados estremeceu.

E Emma Achótovna percebeu esse movimento e entendeu que toda a sua vida estava sendo decidida naquele minuto, e que tudo dependia de ela conseguir dizer tudo direitinho e de bom grado. Aquela bola negra de fúria e raiva que juntara durante todos esses anos, contra Sergo, ela tinha a impressão de segurá-la agora na mão esquerda, apertando-a com força...

Vivia um momento vertiginoso. Pela primeira vez na vida, sentia de forma aguda que não lhe bastavam a inteligência, o conhecimento da vida e a eloquência, e rezou pedindo ajuda.

"Senhor, faça isso! Senhor, faça!", sua alma gritava, desesperada, embora ela mesma continuasse a falar com uma expressão tranquila e jubilosa:

— Seu lar estava à espera, Sergo. Essa é a sua xícara, veja. Margarita não deixava ninguém tocar. Seus livros e seus cadernos velhos estão do mesmo jeito. Nós esperamos, esperamos por você. Só Aleksandr Arámovitch não está mais conosco. E as suas filhas esperaram, Sergo. Sei que agora ela vai se levantar...

As crianças choravam atrás da porta. Atrás de outra, jazia sua esposa doente. A sogra dissera palavras que ele quase não ouviu. A abóbada amarga e pesada rangia, movia-se, desfazia-se em pedaços. A dor surda passava do coração ao corpo todo — como se soltasse pedaços negros de escumalha fundida —, e nessa dor havia a doçura de enfim libertar-se de um tormento de muitos anos. Aquelas filhas de outro estavam chorando. O pranto tocava as feridas frescas de seu coração e respondia a elas. Aceitou aquelas filhas de outro, nascidas da ligação criminosa de sua esposa com sabe Deus quem, talvez nem fosse com aquele músico.

Removeu a mão da testa, ergueu-se de forma monumental — era um homem imenso — e, com um gesto caucasiano de triunfo, afastando a mão para o lado, perguntou:

— Mãe, por que as crianças estão chorando? Vá vê-las.

Filhas de outro

Ao anoitecer, os dedos da mão esquerda de Emma Achótovna doíam terrivelmente, os três dedos do meio, excluindo o mindinho e o polegar. A mão ardeu a noite inteira, de manhã os dedos incharam e veio a febre. Por alguns dias, ela sofreu terrivelmente. Durante a doença — para falar a verdade, sua primeira doença desde a guerra —, ela mal pôde ajudar Margarita, e Sergo cuidou das meninas, que não apenas aceitaram-no rápido, como se apegaram a ele, e até competiam, como mulheres, por sua atenção. Ele as alimentava, as trocava, punha-as no penico. Sua alma gemia de felicidade a cada roçar daquelas miraculosas bochechinhas morenas, daqueles cachinhos levemente umedecidos, dos dedinhos de brinquedo.

Emma Achótovna foi diagnosticada com panarício múltiplo. Ela mesma sabia que, naqueles abcessos, o que saía dela era raiva acumulada contra o genro imbecil. Contudo, quando os abcessos sararam, ela ainda ficou duas semanas sem tirar as ataduras dos dedos — para fortalecer o amor entre Sergo e as meninas.

Erguendo-as à noitinha da grande bacia de lata, sentindo seus corpos através da toalha felpuda, ele experimentava um prazer agudo. Não deu atenção aos sinais cor de chá que enfeitavam as nádegas das crianças. E a única pessoa que poderia tocá-lo no traseiro achatado, bem no meio, onde havia a marca em formato de coroa invertida, era sua pobre esposa Margarita, que continuava sentada em sua poltrona, falando com o marido que tanto amava.

A ENJEITADA

A ciência atual sustenta que a vida emocional da pessoa começa ainda na existência intrauterina, e fontes bastante antigas também o demonstram de forma indireta: os filhos de Rebeca, como diz o Livro do Gênesis, começaram a brigar ainda no ventre materno.

Ninguém jamais vai ficar sabendo em que momento exato de sua vida — pré ou pós-natal — Viktória experimentou pela primeira vez a irritação com sua irmã Gayané.

Pequenas brigas de infância nem sempre são levadas em consideração, mas a perspicaz avó Emma Achótovna percebeu muito cedo a diferença de personalidade das gêmeas e, devido à inclinação benévola de sua natureza, sempre cobria com suas asas abertas aquela que tinha as perninhas mais magras e o rostinho menos corado. O que não a impedia, de forma alguma, de admirar-se a cada vez com a robustez sólida da segunda neta.

O pai era fascinado por ambas. O choro infantil era para ele uma experiência tão aflitiva que de um salto prendia em um abraço sufocante a criança que soluçava ofendida, sempre Gayané, e estava pronto para mugir como um bezerrinho, balir como uma ovelha e cacarejar como um galo, tudo ao mesmo tempo, só para acalmá-la o quanto antes.

A espertinha Viktória logo tomou consciência de que o tempestuoso dueto de amor entre o pai e a irmã soluçante deixava grandes estragos na satisfação obtida com a perseguição a Gayané e, em presença do pai, parou de implicar com a irmã.

Por justiça, deve-se notar que o castigo mais terrível para Viktória era exatamente quando as separavam em cantos diferentes. Quando levavam Gayané ao quarto da mãe e cerravam a porta com força atrás dela — deslizando-a pelo trilho estreito de ferro, por economia de espaço vital —, Viktória ficava sentada com o rosto amargurado junto à ferrovia doméstica, aguardando por horas na estação a chegada do perdão.

A mãe não se intrometia na relação das meninas e, em geral, não se intrometia em nada. Desempenhava o papel de divindade suprema da casa — ficava sentada no quartinho apertado, em uma poltrona alta, sob a cascata de sua grande e prateada cesta de tranças, que a avó penteava longamente pela manhã. Duas vezes por dia as meninas iam lhe dizer "bom dia, mamãezinha", e "boa noite, mamãezinha", e ela lhes devolvia um sorriso débil com o lábio fendido.

Às vezes a avó deixava-as brincando no tapete, junto a seus pés, calçados com meias grossas do mesmo desenho do tapete, mas quando as meninas começavam a brigar e chorar, a mãe franzia o cenho, assustada, e tapava os ouvidos.

Até os três anos de idade, os atentados de Viktória limitavam-se puramente à esfera material: tomava brinquedos, balas, meinhas e lencinhos da irmã. Gayané resistia como podia e ficava amargamente ofendida. No quarto ano, ocorreu um fato à primeira vista insignificante, mas que assinalou um grau mais elevado nas pretensões de Viktória. Por ocasião de um resfriado das meninas, chamaram à casa o velho doutor Iúli Solomónovitch, daquela estirpe de médicos extinta aproximadamente na mesma época que a vaca-marinha-de-steller. A presença desse tipo de médico acalma, o som de sua voz faz a temperatura baixar, e em sua arte, por vezes sem que nem eles saibam, estão mescladas gotas de antiga feitiçaria.

O ritual de visita de Iúli Solomónovitch fora estabelecido ainda durante a infância de Margarita. Por estranho que possa parecer, e nisso provavelmente também se manifesta algum tipo de feitiçaria, já naquela época ele era um médico muito velho.

Primeiro serviam-lhe chá, impreterivelmente na presença do paciente. Emma Achótovna, como fazia trinta anos antes, trouxe-lhe, em uma bandeja, um copo em um porta-copos grande, duas chaleiras e uma cestinha de vime com biscoitos de nozes. Ele conversou em voz baixa com Emma Achótovna, fez tinir a colherzinha, elogiou os biscoitos, e era como se não prestasse nenhuma atenção nas meninas. Depois Emma Achótovna trouxe uma bacia, um jarro d'água quente e uma toalha comprida demais. O doutor esfregou longamente as mãos rosadas, como antes de uma intervenção cirúrgica, depois enxugou cuidadosamente as mãos com os dedos abertos. A essa altura as meninas já não tiravam os olhos dele.

Com movimentos largos e exuberantes, vestiu o avental branco, rígido e vincado, e pendurou no peito largo e chato um tubinho de borracha com pequenas extremidades metálicas em forma de baga. A armação dourada de seus óculos cintilava sob as sobrancelhas castanhas, e a careca irradiava algo do brilho ruivo dos cabelos, que não existiam havia muito tempo. As meninas, sem sequer suspeitar, já tinham se transformado em espectadoras, sentadas na primeira fileira, deliciando-se com um elevado espetáculo teatral.

— Então, como se chamam as nossas senhoritas? — perguntou, cortês, inclinando-se diante delas.

Fazia essa pergunta toda vez, mas elas eram tão pequenas que o frescor da questão ainda não se desgastara.

A enjeitada

— Gayané — respondeu a tímida Gayané, e ele chacoalhou a mãozinha leve da menina com sua palma áspera.

— Gayané, Gayané, muito bem — encantou-se o doutor. — E você, gentil senhorita? — dirigiu-se a Viktória.

Viktória pensou. No que ela pensou, nem Freud adivinharia. Então respondeu, perfidamente:

— Gayané.

A autêntica Gayané ofendeu-se e começou a chorar baixinho:

— Eu, Gayané sou eu...

O doutor, pensativo, coçou o queixo lustroso. Sabia bem como eram complexas as menores das criaturas, e resolveu mentalmente aquele problema intrincado de autodepreciação.

Viktória lançou um olhar vencedor: não era um urso de pelúcia, nem uma lebre de pano — tinha conseguido se apossar do nome da irmã e obtivera um triunfo sem precedentes.

— Certo, certo, certo — proferiu o médico com vagar. — Gayané... muito bem... — Olhou para uma, depois para outra, e então dirigiu-se à raptora com ar triste e sério:

— Mas onde está Viktória? Viktória não está?

Viktória fungou com o nariz entupido: tinha vontade de ser ao mesmo tempo Viktória e Gayané, mas não era tão fácil renunciar ao próprio nome, e ao alheio também era impossível.

— Viktória sou eu — suspirou, por fim, e Gayané imediatamente se acalmou.

E uma vez que tinham sobrevivido à tentativa fracassada de rapto de nome, ambas foram auscultadas, levaram batidinhas com dedos firmes e foram apalpadas em todas as veias linfáticas pelo velho sorridente de lábios firmemente cerrados.

Emma Achótovna admirava os movimentos artísticos do médico e alegrava-se com seu sorriso raro, atribuindo-o erroneamente aos encantos celestiais das netas. Estava enganada: ele sorria para um seu antepassado míope, que certa vez fora enganado pelos filhos exatamente dessa forma e nessa mesma escorregadia encruzilhada mitológica.

O drama da mudança de nome, desde então, foi encenado com bastante regularidade no bulevar Tvierskói, onde a empregada Fênia levava as meninas para passear. Fênia tinha uma pequena fraqueza: gostava enlouquecidamente de fazer amigos. Embora a maioria das avós, babás e crianças a passeio fossem suas conhecidas, ela quase todo dia dava um jeito de aumentar sua coleção social. Fênia possivelmente herdara essa propensão da mãe, que fora ama-de-leite na casa de um mercador rico, onde servira até a morte, criando Fênia sob as asas dos patrões bondosos. E podia ser que a sombra de Ioguel,[20] mestre de danças e alcoviteiro da alta-sociedade, que vivera outrora ali, à esquerda do negro, na condição de pombo-correio das desuniões de Púchkin, ainda pairasse sob as tílias do bulevar Tvierskói, abençoando as novas relações das babás e seus tutelados. Fosse o que fosse, a orgulhosa Fênia vivia anunciando seus êxitos a Emma Achótovna:

— Hoje passeamos com crianças novas, filhas de almirante!

Ou:

— Hoje trouxeram duas meninas como as nossas, mas um ano mais velhas, menininhas de Vertlino,[21] filhas de atores — e ela misturava casualmente no mesmo amontoado procedência, sobrenome e tendências de caráter.

[20] Piotr Andrêievitch Ioguel (1768-1855), professor francês de dança radicado em Moscou. Foi em um baile em sua casa, no bulevar Tvierskói, que Aleksandr Púchkin (a quem a autora chama também de "o negro", em referência a seu ilustre antepassado africano) conheceu sua futura esposa Natália Gontcharóva. (N. do T.)

[21] Aldeia no distrito de Solnetchnogorsk, na região de Moscou. (N. do T.)

Mas, ao mesmo tempo — coisa que Fênia não sabia —, cada nova amizade das crianças era acompanhada de uma pequena cena: Viktória dizia ter o nome da irmã, e Gayané, amuando e enrubescendo, não dizia ter nome nenhum, e por isso metade das crianças chamavam as duas irmãs pelo mesmo nome.

Fênia não atribuía nenhuma importância a esses truques psicológicos. Além das tarefas sociais, tinha ainda outras, grandiosas: não deixar as tuteladas, vestidas com tanta elegância, irem parar numa caixa de areia suja, ou mesmo numa poça, ficar de olho para que não caíssem, não se machucassem, não corressem até suar. Dessa forma, a cuidadosa Fênia condenava-as a diversões de caráter exclusivamente verbal.

Em seu pequeno círculo de crianças privilegiadas, Viktória celebrizou-se como narradora de contos de fadas adulterados e histórias de fabricação caseira. Já Gayané era uma observadora silenciosa, tinha boa memória para os lacinhos e os broches dos outros, para fatos insignificantes e palavras que deixavam escapar. Sua diversão favorita, até os dez anos de idade, era construir "escrínios secretos",[22] amontoando, sob um caco de vidro, folhas, flores, embalagens de bombons e pedaços de papel-alumínio. Mesmo no verão, na *datcha*,[23] onde as meninas tinham muito mais liberdade, Gayané preferia essa diversão solitária e sedentária, enquanto Vika an-

---

[22] *Sekriétiki*, no original: passatempo infantil comum na Rússia e na União Soviética, sobretudo entre as meninas, que consistia em guardar, num buraco na terra, papéis de bala, pedaços de vidro colorido e outros objetos de cores chamativas, cobrindo-os com um vidro e depois com terra. (N. do T.)

[23] Casas de campo nos arredores das grandes cidades. (N. do T.)

dava de velocípede, balançava no balanço e jogava bola com as crianças comportadas, do ponto de vista de Fênia, das *datchas* vizinhas.

E foi lá, na *datcha* de Krátovo, no último verão antes da escola, que Gayané foi submetida à sua primeira provação séria. Apareceram ciganos no povoado. Primeiro, no grande cruzamento das duas ruas principais, para onde costumavam levar o barril de querosene, e onde as velhas da região vendiam pepinos e maços duros de rabanete de nariz branco, que picavam como cactos, chegaram quatro ciganos com uma dezena de crianças irrequietas como besouros, e depois, de uma telega atrelada a um clássico cavalo cigano, desceu um clássico cigano coxo, vestindo um paletó enorme, cheio de barretas de condecoração quase até a cintura.

Não se avistavam quaisquer tendas de tapetes ou camisas de seda. Tampouco havia beldades entre as mulheres gastas e bronzeadas, de idade indeterminada. Além disso, uma delas era uma velha decididamente feia. Passaram a noite bem ali, no cruzamento — se na telega ou embaixo da telega, ninguém viu. Fênia, que saíra de manhã atrás de leite, falou deles a Emma Achótovna, que proibiu as meninas de passarem da cancela sozinhas.

— Eles roubam crianças — Vika cochichou à irmã, e enquanto esta ponderava sobre esse novo perigo da vida, Viktória já soltava as rédeas da imaginação: — No nosso povoado, já roubaram duas!

Enquanto isso, os ciganos ocupavam-se de seu ofício habitual: paravam os passantes para lhes impingirem informações interessantes de sua vida passada ou futura, em troca de um rublo amassado. O negócio deles não andava nem desandava e, ao meio-dia, empreenderam uma excursão — foram até as *datchas*. As meninas estavam desde a manhã no terreno de Karássikov, que dava direto para o cruzamento, e através da cerca rala podiam ver perfeitamente um ciganinho brincando com um cnute e um mujique coxo que o xingava em uma língua incompreensível. Enquanto Gayané tinha medo de se aproximar da cerca, a intrépida Viktória pendurava-se na cancela, contemplando com insolência aquela vida alheia e ilícita.

Na hora do almoço, Emma Achótovna veio e as levou para casa. Nessa hora, os ciganos mais jovens já haviam se dispersado, e o acampamento era representado por um cavalo manco que pastava a erva empoeirada da rua e uma velha cigana que dormia embaixo da telega. Balançando a roupa colorida, ela deteve o passo de Emma Achótovna e pôs-se a lamuriar:

— Oh, o que estou vendo, o que estou vendo... Oh, veja, vai ser uma desgraça... Dê a mão, vou dar uma olhada...

Emma Achótovna, com aversão, afastou a cigana com sua mão altiva cheia de anéis grandes de velhos corais, exatamente iguais aos que havia na mão seca e suja da cigana, e faiscou seus olhos escuros e fortes. A cigana sumiu como o vento, e só depois gritou, na direção dela:

— Siga, siga o seu caminho, sua água é salgada, sua comida é amarga!...

Viktória corajosamente mostrou à cigana a língua comprida, cor de framboesa, recebendo por isso, de imediato, os dedos duros da avó no cocuruto, enquanto Gayané segurou firme na barra de seda do novo vestido da avó, estampado com grandes ervilhas brancas, muito mais ásperas ao toque do que as do campo azul-celeste.

As meninas almoçaram no terraço, depois a avó deixou, devido ao calor, que dormissem no caramanchão, e não em casa. Fênia abriu para elas as camas portáteis e saiu, e então Vika comunicou um segredo à irmã: na realidade, a velha cigana era uma bruxa de verdade, e podia se transformar no que quisesse, e transformar as crianças no que quisesse. E seu cavalinho manco não era um cavalinho, mas duas crianças roubadas, Vítia e Churik, que os pais estavam procurando há tempos e não encontravam em lugar nenhum...

Conversavam aos sussurros.

— Se ela quiser, pode se transformar na vovó...

— Na nossa avó? — apavorou-se Gayané.

— Aham. E, se quiser, no papai... — assustava-a Vika.

— Veja lá, estão indo — e gesticulou na direção da cerca da *datcha*... Um plano interessante amadurecia em sua cabecinha esperta...

Era ainda o começo de junho. Cachos oleosos e grossos de lilases imiscuíam-se no caramanchão e exalavam um cheiro forte como o da comida quente no prato. Um zangão zunia, grave, devagar e arrastado, e as cigarras na grama quente respondiam com vozes de violino. A vida era tão jovem e tão assustadora.

— Não tenha medo, Gáika — Viktória apiedou-se da irmã assustada —, vou te esconder.

— Onde? — perguntou Gayané, com voz desesperada.

— No galpão de lenha. Não vão te encontrar lá de jeito nenhum — Vika tranquilizou-a.

— E você, vai fazer o quê?

— Vou dar com um pau nela! — falou Vika em tom ameaçador, e Gayané não duvidou. Daria mesmo.

Descalças, só de shorts de chita com bolsos grandes na barriga, introduziram-se no galpão de lenha. Vika puxou o ferrolho e fez a irmã entrar.

— Sente aí e não olhe. Quando eles tiverem ido embora, eu te solto.

O ferrolho estalou do lado de fora. Gayané tranquilizou-se: agora estava em segurança.

Viktória esgueirou-se de volta para o caramanchão, cobrindo-se com o lençol até a cabeça. Imaginou como a estúpida Gáika devia estar com medo agora, e também sentiu um pouco de medo. Mas era engraçado. Assim, adormeceu com um sorriso.

Emma Achótovna acordou-a às cinco horas e perguntou onde estava Gayané. Viktória não se lembrou de imediato e, quando se lembrou, preocupou-se. Preocupou-se ainda mais a avó — agitando-se pelo terreno grande, primeiro correu até o banheiro, que era proibido para as meninas, depois foi aos arbustos de framboesa, depois, colina abaixo, à parte completamente abandonada do terreno, rodeada de ripas decrépitas. A menina não estava em lugar nenhum.

— Gayané! Gayané! — gritava Emma Achótovna, mas ninguém respondia.

O grito prolongado, o som do nome, com um talho no meio e uma cauda comprida no final, penetrava sem resposta no frescor da folhagem, que ainda não reunira suas verdadeiras forças. Eram os primeiros dias de calor, quando a resina começava a sublimar e, sobre a terra, após a azáfama primaveril da germinação apressada de todas as ervas e folhinhas, iniciava-se o sossego do verão, e os gritos de Emma Achótovna perturbavam, de forma algo indecente, todo o decoro da tarde, que se encaminhava para a noite.

Viktória achegou-se ao galpão de lenha e puxou o ferrolho.

— Saia! — sussurrou ruidosamente para dentro. — Saia, a vovó está chamando!

Gayané estava sentada entre um velho barril e uma pilha de lenha, comprimindo as costas enrijecidas contra a parede. Seus olhos estavam abertos, mas ela não viu Viktória. E mesmo sem olhar para seu rosto, Viktória compreendeu. Ela estava fora de si. Gayané, após passar um pavor tão enorme que não cabia em seu corpo de sete anos, estava muito além de suas fronteiras mais ignotas.

Enfiada pela irmã na penumbra sufocante do galpão, Gayané, no começo, meio que cochilou, mas ao sair do cochilo com um movimento oculto perto das têmporas, de repente se descobriu em um lugar completamente desconhecido: traços amarelados de fogo cortavam o espaço em todas as direções, como se ela estivesse encerrada em uma jaula fosforescente, balançando de leve na escuridão marrom e cinzenta. A pobre Gayané teve a impressão de que já tinha sido roubada de algum jeito sobrenatural, junto com o galpão, a pilha de lenha redonda de bétula, o barril, a velha cama de ferro empinada e o monte de instrumentos de jardinagem que ninguém mais utilizara após a morte do avô. E roubada de forma cruel, junto com o tempo, que se esticava como um elástico frouxo, perdendo o fim e o começo. E esse movimento, que passava ligeiramente pela sua têmpora, também tinha relação com o fato de o tempo normal ter se dissipado e ido para algum lugar, enquanto esse novo tempo se movia junto com ela em um nauseante círculo invertido.

"É até pior do que ser roubada", pensou Gayané, "me esqueceram em um lugar horrível."

A pontinha do nariz entorpeceu de pavor, formiguinhas de gelo percorreram-lhe a espinha e um turbilhão escuro lentamente ergueu-a, rodopiou-a, levando-a tão fundo que ela achou que estava morrendo.

— Gayané! Gayané! — chamava-a, de longe, uma voz alta e rutilante, parecida com a da avó, mas ela entendia que quem a chamava não era a avó, nem mesmo uma cigana transformada na avó, mas outra coisa, ainda mais apavorante e desumana...

— Gáika, saia! — ela ouviu o sussurro insistente da irmã. — Os ciganos foram embora, foram embora. A vovó está te procurando!

O lugar pavoroso converteu-se no galpão. Raios estreitos de luz penetravam pelas frestas entre as tábuas, e tudo ficou muito simples e feliz na *datcha* de Krátovo; a avó, com o vestido azul de ervilhas, já estava entrando no galpão pa-

A enjeitada

ra finalmente encontrar a neta perdida, e Gayané, voltando a si lentamente, espantou-se com a pequenez e a graça daquele mundo, em comparação com a falta de limites e a imensidão que a recobriram lá, no galpão de lenha, no começo do verão, em seu sétimo ano de vida...

Atirou-se à irmã com o grito "Vika! Vika! Não vá embora!", e tomou-lhe as mãos. Vika acariciou-lhe as costas geladas, beijou-lhe as tranças rígidas, a orelha, o ombro, e sussurrou:

— O que é isso, o que é isso, Gáietchka? Não tenha medo!

E naquele instante teve a impressão de que estava mesmo defendendo a irmã graciosa e assustada do perigo que se escondia além do portão.

A partir daquele dia, de que Gayané se lembrava tão bem, e que Viktória esqueceria completamente, despertou em Gayané uma rara sensibilidade para tudo que fosse escuro e inquietante. Era uma sensação especial de escuridão, que ela experimentava até ao abrir a porta do guarda-roupa. Lá, nas trevas, onde faltava luz, havia outra coisa, algo não expresso em palavras, e que tinha se revelado para ela no breu do galpão de lenha. Mesmo a escuridão pequena e aconchegante que se formava quando deslizava a tampa de seu estojo suscitava suspeitas. Experimentava uma sensação similar, ainda que vaga, ao se aproximar da mãe doente. A doença materna também se apresentava como um coágulo de trevas, e ela poderia até delimitar a região da cabeça, do pescoço e do peito onde sentia que a escuridão se concentrava.

A descoberta do medo da irmã estimulou Viktória a pregar peças cruéis: escondia os cadernos da irmã nos cantinhos mais inalcançáveis do apartamento, obrigando-a a se embrenhar pelas frestas mais escuras; introduziu um besouro morto no perigoso espaço escuro do estojo, de modo a preencher o indefinido com uma realidade terrível. E quando Gayané soltou um grito agudo, jogando longe o estojo, Viktória salvou-a, pressionando-a contra si e sorrindo, com ar superior:

— O que você tem, bobinha, está com medo de quê?

Viktória obtinha muita satisfação com o poder sobre os medos da irmã; nessas horas de consolo, o amor mútuo era muito grande, e elas eram ainda novas demais para saber das impurezas perigosas e hostis que ali se misturavam.

Emma Achótovna, ferida pelo amor trágico e pela doença da filha, e ela mesma compreendendo algo da insanidade e crueldade do amor, não se interessava em absoluto pela relação entre as meninas e pela natureza de sua afeição mútua. Era a única pessoa na família a possuir sensibilidade e capacidade para entendê-las, mas Emma Achótovna estabelecera uma hierarquia severa e profundamente oriental: a menos que fosse uma questão de vida ou morte, considerava o principal acontecimento da vida o jantar, e não as contendas e tréguas nas hostes das crianças.

Emma Achótovna tirou apressadamente dos ombros a manhã atarefada: penteou as quatro cabeças cabeludas — a sua própria, a da filha e as das netas —, fazendo tranças escuras e vestindo todas com uma roupa branca aconchegante, cheirando a ferro quente, preparou um café da manhã rápido e desleixado, fez uma pequena limpeza e lançou-se ao preparo do jantar, com todos os seus tomates recheados, berinjelas assadas, feijão picante e pão ázimo.

Embora viesse de uma rica família armênia, passara a infância e a juventude em Tíflis, e sua comida era mais georgiana, mais complexa e variada do que a adotada na Armênia. Contava nozes e ovos, sementes de coentro e grãos de pimenta, e suas mãos, nessa hora, faziam movimentos tênues e sutis de forma completamente independente, e ela se deleitava com o ato de cozinhar da mesma forma que um instrumentista se deleita com a música nascida de seus dedos.

A enjeitada

Sergo normalmente chegava do trabalho às seis e meia. A mesa já estava posta e exalava aromas. Sergo lavava as mãos e levava a esposa até a mesa. Ela caminhava com passos miúdos de boneca mecânica e dava um sorriso débil. Aquele era um aposento turvo, sem janelas, iluminado por uma luz elétrica amarela, e ali seu rosto adquiria matizes de porcelana velha. Era acomodada em uma poltrona, ao lado do marido. As meninas se sentavam de ambos os lados dos pais, mas do lado comprido da mesa. Na outra extremidade aboletava-se Emma Achótovna, e Fênia, abrindo a porta com o joelho, trazia uma terrina rosa, cujo tamanho superava significativamente as necessidades da família. Depois de pôr a terrina ao lado do cotovelo esquerdo da patroa, Fênia desaparecia — jantava na cozinha, e não teria concordado de jeito nenhum em se sentar à mesa senhorial dos patrões, onde os pratos eram trocados pelo menos três vezes e a comida era consumida em uma colherzinha pequena.

Verteram um pouco de sopa no fundo do prato de Margarita, ela tomou a colher fina em sua mão fina e baixou-a devagar ao prato. Aquela refeição era puramente simbólica — ela só comia à noite, sozinha: dois pedaços de pão preto com queijo e uma maçã. Qualquer outra comida — desde o primeiro ano da doença, quando a mãe seguia tentando alimentá-la com algo mais nutritivo — ela punha na boca e não engolia.

Naquela noite, como de hábito, Emma Achótovna levou a louça à cozinha e, pondo os óculos sujos e o avental limpo, começou a lavá-la. Era sua concessão a Fênia, que velava por sua honra perante os vizinhos e não se cansava de lhes dizer: "Não sou cozinheira, cuido das crianças".

Sergo levou Margarita para o quarto e se sentou perto do antigo rádio receptor, para girar seu seletor dentado.

Deixado a sós com a esposa, Sergo se punha a falar. Não dava para dizer que fosse com ela. Mas também não era completamente consigo mesmo. Era a conversa estranha de dois loucos: Margarita dirigia-se sem palavras ao seu amado marido com um reproche havia muito enferrujado, quase sem reparar no homem grisalho e corpulento em que Sergo se transformara durante os anos de sua doença, enquanto ele, recontando e comentando as transmissões radiofônicas noturnas, tentava desesperadamente, com a ajuda dessa instável ponte sonora, abrir caminho para a Margarita do presente, sempre compenetrada em um evento infeliz do passado distante. Cravavam os olhos um no outro, sem que seu tempo coincidisse por uma década, e continuavam o diálogo mirabolante.

— Onde está Gayané? — Margarita perguntou, inesperadamente, de forma clara.

— Gayané? — Sergo tinha a impressão de ter batido em um poste de luz a alta velocidade. — Gayané? — proferiu estupefato, porque pela primeira vez em muitos anos a mulher fazia-lhe uma pergunta. — Estão fazendo a lição — respondeu, em voz baixa, tomando-a pela mão. A mão dela era tão vítrea que por pouco não retinia.

— Onde está Gayané? — proferiu Margarita, insistente. Sergo levantou-se e olhou do outro lado do tabique. Viktória estava sentada, de costas para ele, rangendo uma caneta. Escrevia fazendo muita pressão, enchia tudo de borrões e, ao redigir, seu cotovelo ia junto.

— E onde está Gayané? — perguntou o pai.

Viktória deu de ombros, uma lágrima de tinta jorrou debaixo da caneta.

— Como vou saber? Não fico vigiando ela — respondeu Viktória, sem se virar.

Viktória não estava citando alguma coisa que ouvira. Acontecia apenas que toda a sua pequena vida tencionava tornar-se uma citação e perambulava sem achar qualquer contexto.

A enjeitada

Sergo, perturbado pela pergunta da esposa, maquinalmente procurava Gayané no apartamento. Saiu para o corredor comum, foi até o lado sem saída, sacudiu a porta do banheiro, mas lá realmente não havia ninguém. Foi para a cozinha, onde Emma Achótovna esfregava as costas reluzentes dos pratos e, atônito, disse à sogra:

— Margarita perguntou onde está Gayané.

Emma Achótovna parou, como se sua corda tivesse acabado.

— Margarita te perguntou...

— ... onde está Gayané — ele completou.

Ela baixou o prato com cuidado e, agitando o peito e as ancas, foi quase correndo até a filha. Puxando até o fim a portinha de seu quarto, perguntou, da soleira:

— Margarita, como está se sentindo?

— Bem, mamãe — respondeu Margarita, em voz baixa, sem sequer mexer as pestanas. — Mas onde está Gayané? — voltou a perguntar, e o sentido da pergunta finalmente chegou a Emma Achótovna.

Gayané não estava. Além disso, seu novo casaco de gola de gato não estava no cabide, e embaixo do cabide não estavam as botinhas com acabamento de falsa pele de carneiro. Havia apenas as galochas vazias, sem nada dentro, cada uma em sua poça seca.

— Mas onde está Gayané, Vika? — perguntou a avó.

— Como vou saber... A gente estava sentada aqui, sentada, daí ela saiu — respondeu Viktória.

— Faz tempo? Para onde? Por que você não perguntou? — a avó estourou com todo um leque de perguntas.

— Ah, não sei. Não vi. Faz dez minutos. Ou quarenta. Como eu vou saber... — respondeu Vika, sem jamais tirar os olhos do caderno. Com falso alheamento, fazia, na capa do caderno, um grande desenho a caneta.

Emma Achótovna precipitou-se na direção de Fênia, porém, na porta do seu quarto, que dava para o corredor, estava pendurado o cadeado de ferro do trinco: era sábado, Fênia ainda não tinha voltado da vigília noturna.

Eram sete e vinte, na janela pairava um negrume úmido e espesso, como acontece no inverno, no degelo.

Sem se vestir, Sergo saltou para a rua, correu pelo pátio redondo de paralelepípedos e parou no vão de entrada: não sabia para onde ir.

Emma Achótovna telefonou para os pais das colegas de classe. Gayané não estava em lugar nenhum...

A trama desse desaparecimento noturno tivera início um mês antes. As meninas acamaram juntas de uma dor de garganta e ficaram em casa. Viktória, farejando através de duas portas o cheiro de almôndegas frescas, esgueirou-se até a cozinha. As almôndegas eram grandes, respeitáveis, recheadas de alho e ervas e feitas com muita arte, como se tivessem pela frente uma vida longa e feliz. A hora do jantar ainda estava distante, mas Vika ganhou uma — marrom, de crosta brilhante, mal contendo a pressão do sumo e da gordura. Vika deu uma mordida e sacudiu a língua, ruidosamente deixando entrar na boca o ar, para esfriar a almôndega.

Normalmente, Emma Achótovna não permitia tais liberdades antes do jantar, mas a menina estava convalescendo da doença e era a primeira vez que pedia para comer em uma semana.

Mastigando com entusiasmo, escutou a conversa da vizinhança. Maria Timofiêievna, balançando a cabecinha descarnada, debatia com Fênia uma ocorrência apavorante: naquela manhã, na lixeira do pátio, encontraram um recém-nascido morto.

— Estou te dizendo, Fênia, isso é ou do oitavo, ou do décimo-segundo, do nosso não foi... — Maria Timofiêievna apresentava sua versão patriótica.

— Vai saber — resmungou Fênia, que, em geral, tinha

A enjeitada 59

outra opinião a respeito da humanidade. — Elas apertam, amarram, e a gente nem vê.

E, com muita naturalidade, cuspiu no chão. Apesar da virgindade, era muito bem informada a respeito das consequências práticas do pecado da carne, pelo qual experimentava uma aversão excepcional.

A conversa encaminhava-se em uma direção perigosa, e Emma Achótovna, com o rosto enrubescido pelo calor da frigideira, e com sobrancelhas severas, mandou Viktória para o quarto. Repleta do calor da almôndega e do terror da notícia, Viktória ia pelo corredor, ponderando sobre o pobre recém-nascido. Primeiro ele se apresentou a ela em um cobertorzinho branco redondo, como aquele comemorativo em que certa vez dormira a mãe, e agora dormia a boneca Slava. E o bebezinho morto achado na lixeira já tinha o aspecto da boneca cacheada Slava, com cabelinhos castanhos escorregadios. Mas aquilo era, de alguma forma, insatisfatório: não tinha pena nem de Slava, nem do bebê. Queria algo diferente, ardoroso. Então Viktória imaginou-o bem pequeno, rosado, parecendo o filhotinho de pelo ainda não crescido da gata Marússia, do apartamento comunitário, só que com pezinhos e mãozinhas em vez de patas, e com os cabelinhos amarelo-rosados da Slava. Mas esse quadro tampouco satisfez por completo sua imaginação ávida.

Com os dedos engordurados de almôndega, tocou a maçaneta de bronze da porta e se deteve: ah, se a Gayané fosse aquele bebezinho imaginário na lixeira! Viktória ficou com a respiração suspensa: claro, alguém próximo e secretamente malvado rapta a pequena Gayané, mata e joga fora... Vika abriu a porta, e tudo se desmanchou ao colidir com a realidade enfadonha: Gayané, com um lenço rosa amarrado no pescoço, estava sentada à mesa e, mordiscando a ponta das tranças compridas, lia um *Robinson Crusoé* gasto devido aos muitos anos de uso.

Viktória passou para o quarto das crianças e postou-se junto à janela. A lixeira do pátio, uma grande caixa de madeira, não era visível de lá, estava obstruída por um anexo de dois andares. Vika cravou os olhos em seu flanco amarelo e descascado. As habilidades de engenheiro do pai foram passadas a ela de um jeito complicado: para ela também era importante que uma roda dentada engatasse na outra, que a biela acionasse a manivela e que a máquina, no fim das contas, se movesse. Aquele bebê morto não se encaixava de jeito nenhum. Precisava de alguém vivo largado na lixeira, e que esse alguém fosse Gayané.

As sobrancelhas de Viktória estavam quase unidas, arqueadas, e ao chegarem às têmporas era como se quisessem voltar a se dobrar para cima. Quando estava pensativa, ela, assim como o pai, mexia involuntariamente as sobrancelhas para cima e para baixo.

"Poderia ser assim? Vovó sai de manhã cedo com o balde e encontra uma menina na lixeira. Acha que está morta, mas está viva. Traz para casa e diz à mamãe: dê de comer, ela só tem três dias. E mamãe está comigo, que também tenho três dias..." E novamente se intrometeu um defeito de construção: quem seria a malvada que largou o bebê na lixeira?...

A polícia já interrogara todos que desejassem se manifestar a respeito do achado criminal, coletara algumas versões fantásticas, nas quais se embaralhavam, com entusiasmo, lucros, feitiçaria e paixão por delação, e o pátio, que sempre vivia pela lei do imediatismo, inflexível como a eternidade, impeliu o evento para sua história, fadando-o ao esquecimento, exatamente como a história das grandes civilizações antediluvianas. E o investigador arquivou mais um caso de assassinato não resolvido, que nem chegavam a considerar de fato um assassinato...

E apenas Viktória continuava se atormentando com seu enredo prematuro. As garras da intriga não a soltavam, e ela

A enjeitada

continuava a procurar a mãe hipotética que jogara na lixeira o bebê que se convertera, pela vontade autoral de sua fantasia maligna, em sua irmã Gayané.

No terceiro dia de tormento criativo, Vika, passando pela entrada de casa, ao lado da porta que levava ao aposento subterrâneo do zelador, encontrou a personagem que buscava. Beckerikha, que ocupava o quarto do canto, era de aparência horrível. De estatura elevada, mesmo para um homem, corte de cabelo masculino, de cara e roupas gastas e esbranquiçadas, era tida como uma bêbada, ainda que nunca a tivessem visto beber. Mas era de fato uma bêbada, a seu modo. Bebia todo dia, sempre sozinha, reclusa em seu quartinho deplorável. Tomava exatamente uma garrafa de vinho tinto, começando com um copo rápido e esticando a meia garrafa restante por uma ou duas horas. Depois deitava-se em um colchão, coberta por um lençol emprestado do hospital.

O sol se levantava quando queria, dependendo da estação do ano. Já Beckerikha acordava sempre às cinco e meia. Mal despregava os olhos, bebia o vinho que sobrara da véspera — dois dedos no fundo da garrafa... Outra pessoa teria se entregado à embriaguez há muito tempo, mas ela mantinha constância e fidelidade àquele regime. Voltando a si após um sono profundo, de desmaio, ia para o hospital agitar seus trapos. As outras faxineiras e auxiliares de enfermagem não gostavam dela devido ao silêncio indiferente, ao olhar lupino e à aplicação ao trabalho. Ninguém além do médico-chefe Markélov, que a contratara, sabia o que a confiável enfermeira e assistente Tânia Becker fora antes da guerra, antes da prisão.

Terminado um turno e meio de trabalho, ao meio-dia, conseguia comprar a garrafa diária no caminho de casa, e às oito já estava enfurnada em seu cubículo. Tirava as botas, o blusão, sentava-se no colchão e colocava sobre o tamborete, que substituía com êxito a mesa de refeições, a preciosa garrafa. Por fora estava quente e, em alguns minutos — ela sabia —, também ficaria quente por dentro, e ela se demorava, para manter e prolongar aquele minuto de felicidade que lhe era concedido por acaso.

As pessoas do pátio não a apreciavam por conta do orgulho, que enxergavam nela de forma penetrante. As crianças temiam-na, e saíam correndo à aparição de sua figura comprida no profundo vão de entrada. Chamavam-na de Corta-Defuntos, porque alguém lançara o rumor de que ela trabalhava na morgue. Mas não era verdade, ela apenas limpava os dois departamentos mais difíceis do hospital: o cirúrgico e o neurológico.

Viktória começou com a artilharia preparatória: reuniu a seu redor um monte de meninas de cabelos em pé e, sacudindo os pompons duplos, azuis e vermelhos, de seu capuz, contou como os cadáveres primeiro ficam flutuando em grandes recipientes de vidro, para depois serem escolhidos — separando pernas, braços e cabeças —, e Beckerikha ocupava-se exatamente disso.

Os relatos de Viktória eram terríveis e atraentes, e a menor do grupo das meninas, Lena Zenkova, tapava os ouvidos com as luvas, mas era impossível tirá-la de lá: mesmo o pouco que se infiltrava através das luvas molhadas não perdia seu fascínio secreto. Além disso, Viktória escolhia locais interessantes para esse tipo de palestra: o espaço triangular escuro e inclinado embaixo da escada, o barracão entre os depósitos de lenha e, no sexto e último andar, a escadinha estreita e acanhada que levava ao sótão. Escuridão, penumbra e batidas indistintas acompanhavam o espetáculo, e a cada vez, Viktória, escravizada pela própria fantasia, conseguia imaginar algo novo, ainda mais extremo, ainda maior...

Sempre dava conta de seu papel de narradora de fábulas terríveis, que percorriam veredas laterais, faziam giros e volteios; a única coisa que não mudava era a horrível Becke-rikha, que sempre permanecia a personagem principal.

Essas palestras fizeram grande sucesso, mas a sensível Gayané, desde o início da série, sempre tentava escapar, re-cusando o passeio sob o pretexto justificável de um resfria-do ou de uma dor de cabeça.

As sessões eram canceladas, adiadas até outro momen-to, em que Gayané era constrangida a ficar ao lado da nar-radora.

Essas histórias de membros decepados, lençóis negros e mortos-vivos, para falar com rigor, não eram algo único. Eram a moda daquela idade juvenil, bem como daquela épo-ca e lugar. Viktória, sem dúvida, era uma narradora talento-sa, e Gayané, a mais impressionável das ouvintes. Além dis-so, Gayané sentia vagamente algo de inquietante no direcio-namento daquelas histórias que combinavam a caluniada Beckerikha e os ainda mais caluniados pacientes mortos do velho hospital da cidade.

Aqueles três degraus que levavam ao compartimento subterrâneo pareciam a Gayané a entrada para o inferno, e ela, quase sem tocar o chão, voava de um só fôlego para o segundo andar...

Naquela noite memorável, sentaram-se para fazer a li-ção mais tarde do que o habitual porque era segunda-feira, e às segundas estudavam música, e também porque o dia es-tava algo arrastado. Sentaram-se à antiga mesinha de Mar-garita, uma na frente da outra. Viktória sentou-se em cima da perna, o que era severamente proibido pela avó, e des-pejou na mesa os cadernos amassados e os lápis mordidos. Gayané enfiou a mão na pasta e tirou um envelope fibroso e marrom.

— Ai! — disse Gayané, pois não sabia como o envelo-pe tinha ido parar em sua pasta.

— O que você tem? — Viktória ergueu suas sobrance-lhas curiosas, enquanto Gayané examinava perplexa o envelope, no qual, com letras vermelhas borradas, quadradas e grandes, estava escrito: "Gayané. Em mãos".

— Um envelope. Uma carta — murmurou Gayané. Segurava o envelope com ambas as mãos, e as letras, espalhando tinta pelas fibras do invólucro, pareciam vivas e sanguíneas.

— E o que tem nela? — perguntou Viktória, quase indiferente.

Gayané pôs a carta no canto da mesa, como se ponderasse se valeria a pena abri-la. Com seu instinto aguçado, sabia que não podia ter nada de bom ali. Jazia no canto da mesa, exalava um cheiro forte de cola, fazendo de conta que tinha ido parar lá de forma absolutamente casual. Gayané enfiou a mão na pasta e tirou seus cadernos asseados, escritos em linhas cor-de-rosa levemente inclinadas, e um ábaco amarelo com hastes tranquilizantes. Gayané cravou os olhos nele.

— A carta é para você, não é? — não se conteve Viktória, que tentava fazer de conta que não estava interessada.

Gayané virou do avesso o envelope, que estava selado de forma tosca, com uma cola que ainda não havia secado. Passou os dedos pela soldadura úmida e respondeu à irmã:

— Depois eu leio.

Vika enrolou a ponta da trança nos dedos e cravou os olhos no caderno — tudo estava dando errado. A carta jazia na mesa, sem ser lida, a avó podia entrar a qualquer momento, e Gayané, como se nada estivesse acontecendo, deslizava a caneta-tinteiro nº 86 pela folha cintilante do caderno. E, de fato, o ar de Gayané era despreocupado, embora estivesse tomada de maus pressentimentos e totalmente concentrada na carta.

"Vá embora daqui, vá embora. Queria que você não existisse", suplicava no instante seguinte.

A enjeitada

Contudo, a ideia de que podia jogar fora a carta, sem ler, nem lhe passou pela cabeça.

Cansada de esperar, Viktória colocou a mão no envelope.

— Então eu mesma leio!

Gayané estremeceu:

— Não. A carta é minha.

E abriu o envelope.

"Gayané! Eis que chegou a hora de você saber tudo. Meu nome é Beckerikha, eu sou sua mãe. Pari você e te abandonei, porque não podia ficar com você. Isso é segredo. Depois eu te conto. Logo vou chegar e contar para todo mundo e te levar comigo, filhinha. Vamos morar juntas. Sua mamãe, Beckerikha."

No começo, Gayané passou muito tempo decifrando o que exatamente estava escrito naquelas letras miúdas e inclinadas. A palavra "filhinha" estava escrita em letras grandes e grossas. Imaginou longamente o que poderia significar. Viktória suportou com paciência a pausa indispensável e, por fim, perguntou:

— A carta é de quem, Gáika?

Gayané passou-lhe a folha de caderno em silêncio. Viktória deleitou-se com o texto: viu que era bom. Agradava-lhe especialmente o começo: "Eis que chegou a hora de você saber tudo...".

Oh, estava feito, estava feito... Aquele tempo que se esticara como um elástico frouxo, perdendo o fim e o começo, e o estranho movimento em um círculo invertido nauseante. A sensação do rapto horrível, a sensação do escuro... E o surgimento da recordação desse sentimento era a prova verdadeira de que aquela carta, terrível até mesmo em seu aspecto, trazia uma verdade não menos terrível, mas autêntica: a horrível Beckerikha era sua mãe.

— Não tenha medo — prometeu Viktória, magnânima —, ninguém vai te devolver à sua mãe.

— Como assim, você sabia? — Gayané voltou a horrorizar-se. O conhecimento da parte de outra pessoa agravava todo aquele horror.

Viktória sacudiu os ombros, jogou as tranças e tranquilizou a irmã:

— Mas não fique tão nervosa. É claro que sabia. Todo mundo sabe.

— Fênia também? — Gayané perguntou com uma esperança tola.

— Claro que Fênia também. Estou dizendo que todo mundo sabe.

A rodada seguinte de malfeitorias foi puro improviso. Viktória não era uma menina particularmente má. Uma ideia malvada apoderara-se dela e, como acontece com gente talentosa, ela a desenvolveu com talento.

— E por que você acha que a mamãe ficou doente? A vovó te trouxe da lixeira e disse: "Pegue, dê de comer!". Você acha que isso é agradável?

— E ela ficou doente? — perguntou de volta Gayané.

— O que você acha? Ela disse: "Não quero", mas a vovó mandou... Daí ficou doente...

— E você? — Gayané tentava consertar a ordem mundial rompida.

— Eu o quê? Eu sou filha legítima, e você é uma enjeitada...

— Mas de qual lixeira? — perguntou Gayané, como se esse detalhe fosse muito importante.

— De qual? Ora, da nossa, onde tem a caixa verde, no pátio — Viktória graciosamente uniu a geografia à biografia, e naquele exato instante sentiu uma plena satisfação artística. O gosto da almôndega quente, a notícia terrível e o cheiro da cera que tinham passado no chão do corredor — sentia tudo isso naquele momento.

— Ha-ha-ha... — replicou Gayané, com certa indolência, e Vika, sentindo essa indolência, de repente duvidou do êxito de sua piada engenhosa: não saíra engraçada, era isso... E enfiou o nariz na apostila, procurando o número requerido pelo problema de matemática e, ao mesmo tempo, imaginando como reanimar a situação.

Ao levantar a cabeça da apostila, a irmã não estava mais no quarto. O envelope cuidadosamente aberto e a carta jaziam no canto da mesa. "Foi chorar atrás do cabideiro", supôs Viktória. Sua intenção era deixar a irmã acreditar um pouco, depois admitir que era uma piada.

Foi quando o pai entrou no quarto e perguntou:

— E onde está Gayané?

E Gayané afastara-se de casa, tão longe como jamais tinha ido sozinha. Até o rio Présnia. Ficou parada na entrada do jardim zoológico, sob o portal esquálido em que deuses decaídos de povos extintos guardavam uma tribo de feras cativas. Algum animal angustiado, talvez um pássaro noturno, emitia gemidos roucos e prolongados. A neve começou a cair, e tudo se iluminou. Ao redor, as lanternas irradiavam esferas de uma difusa luz dourada e, onde a eletricidade não alcançava, a neve firme reluzia lenta, prateada, sob o luar. Tudo era novo e inédito naquele instante: a solidão, a distância de casa, aqueles gemidos tristes, e até o cheiro da neve, mesclado ao cheiro dos estábulos e dos macacos.

Tinha a impressão de que passara uma eternidade desde que saíra de casa, e não só uma. Era uma eternidade do pavor de Beckerikha e uma eternidade de culpa perante a mãe. Acreditou na irmã de forma imediata e inabalável. Tudo estava explicado: os pavores sutis de sua vida, o desassossego, os pressentimentos sombrios e os medos indeterminados recebiam plena justificativa. Naturalmente, era uma estranha na família, a horrível Beckerikha era sua mãe de sangue, e apenas Vika tinha plenos direitos à vovó, ao papai, a Fênia, ao pálido beijo matinal de mamãe, enquanto ela, Gayané, ia morar no porão com a horrível Beckerikha de dentes amarelos.

Pensar na semelhança com a irmã, da qual sabia muito bem desde a infância, não perturbava em nada o quadro geral da catástrofe que se desencadeava. Essa consideração era mesquinha demais para ser levada em conta em circunstâncias tão excepcionais.

Se sua verdadeira mãe era Beckerikha, se ela, Gayané, era culpada pela doença de Margarita, sua pobre mãe de mentira, então o melhor para ela seria morrer. Pensar na morte trouxe-lhe um alívio inesperado. Não se pôs a considerar de forma nenhuma os detalhes técnicos do suicídio, isso também era mesquinho demais. Tinha a impressão de que bastava encontrar um lugar isolado, enrodilhar-se como uma bola, e o desejo ardente de deixar de viver bastaria, por si só, para que ela nunca mais acordasse.

Caminhou ao longo do zoológico, por uma rua deserta e coberta de neve, e notou ao longe uma figura escura esgueirando-se pelas barras levemente deslocadas da grade. O guarda noturno Iúkov, pelo caminho noturno habitual, carregava a porção que legitimamente lhe cabia da carne de segunda designada para os esquálidos animais carnívoros. Iúkov farejou a menina e desapareceu para dentro do pátio. Não muito longe dali, morava sua namorada. A carne, dessa forma, foi roubada duas vezes: do tigre e da família de Iúkov.

Gayané ficou parada até o homem sumir de sua vista, esgueirando-se com facilidade entre as barras. Lá, no jardim zoológico, era maravilhoso, e não dava medo nenhum. Os gemidos angustiados das feras da noite se interromperam, embora, de tempos em tempos, soassem suspiros, ros-

A enjeitada

69

nados e lamentos altos e misteriosos. No vazio iluminado, ela passou pelo lago congelado e entrou nas jaulas dos animais que havia tempos tinham sido transferidos para instalações aquecidas.

Na passagem entre dois muros bem altos com arame farpado havia uma grande caixa de madeira, muito parecida com a lixeira verde do pátio. Os briquetes de feno compactado, recobertos de neve, estavam empilhados junto à parede lateral. Gayané afastou a neve com a luva, puxou um briquete e remexeu-o. Tinha um cheiro triste de verão, de *datcha* e de toda a vida que se fora. Sentou-se no briquete, como no banquinho baixo que ficava aos pés da avó, cobriu os joelhos com o feno remexido, semicerrou os olhos e adormeceu profundamente, plenamente convicta de que nunca mais acordaria neste mundo mau de injustiças incorrigíveis...

Viktória enfiara a carta nas calças, junto com o envelope escrito com tinta vermelha. No banheiro, rasgou-o em pedaços minúsculos, mandando-o para o Lete comunitário. A desconfiança no balde de lixo pairava sobre aquela época infame.

No intervalo entre os telefonemas para a morgue e para a polícia, Emma Achótovna interrogou Viktória. Vika encarou-a com olhos honestos: não precisava mentir. Realmente não sabia onde a irmã tinha se metido.

Emma Achótovna não era Sherlock Holmes, não reparou nem na manchinha de tinta suspeita no dedo anular da neta, nem no caderninho que Gayané largara com uma palavra incompleta, testemunhando o caráter repentino de sua desaparição. Além disso, os métodos indutivos do doutor Watson não estavam então na moda, e os outros, os da moda, eram absolutamente inadmissíveis para Emma Achótovna.

Como resultado da confluência dessas duas circunstâncias, Viktória foi mandada para a cama, e a investigação doméstica, para inquérito suplementar no departamento regional da polícia, para onde Sergo foi enviado com a nuca hipertensa como ferro e o rosto castanho-vermelho, de tanto sangue que circulava.

A infeliz Viktória deitou-se na cama da irmã, pranteando o destino horrível da desaparecida Gáika e, ao mesmo tempo, arquitetando um plano astucioso de vingança contra Beckerikha, que era a culpada de tudo.

À uma da manhã, contente e saciado, Iúkov, satisfeito física e, de certa forma, espiritualmente, às custas do tigre faminto, voltou a esgueirar o corpo apaziguado entre as barras. Tinha a intenção de contornar o local, depois dar uma olhada na Direção, onde quem estava de plantão naquele dia era seu amigo Vássin. Entre dois aviários vazios, ao lado de um grande baú de madeira, encontrou uma menina adormecida. Em sua cabeça destacava-se, como um zimbório, um pompom coberto de neve, e uma neve não derretida jazia em seus cílios. Mas não congelara, estava quente e respirava. Espantou-se por não tê-la notado antes, bateu-lhe nas bochechas, mas ela não acordou. Então tirou-lhe a neve, tomou-a nos braços e levou-a à Direção.

Vássin espantou-se ao vê-lo com um fardo tão inesperado. Colocaram-na em uma cadeira — continuava a dormir.

— Veja, é a princesinha adormecida! E como veio parar aqui? — resmungou Iúkov.

— Veio de dia e ficou, ora, como assim... — Vássin manifestou sua conjectura.

— Não, acho que não estava lá quando comecei meu turno. Ou ligamos para a polícia... Ou esperamos ela acordar sozinha... — raciocinou Iúkov.

— E eles acabaram de sair daqui. Vá, estão no portão — observou Vássin.

E, realmente, o carro de polícia ainda não tinha ido embora. Vássia trouxe o tenente de plantão. O oficial também

A enjeitada
71

tentou acordar a menina, sem êxito. Colocou-a de pé, mas as pernas, dobradas nos joelhos, não se esticavam.

— Algo aqui não está bem — decidiu o oficial, e levou a criança adormecida para o pronto-socorro do hospital Filátov.

Enquanto no pronto-socorro preenchiam o formulário de entrada daquela paciente estranha, o tenente de plantão, após fazer um desvio por seu bairro, chegou ao seu departamento e preparou um relatório sobre o achado adormecido; já eram cinco da manhã.

Na casa da travessa Merzliakóvski ninguém dormira. No canapé, com a cabeça enfaixada em um lenço rosa, estava deitado Sergo, na poltrona estava Emma Achótovna, pálida e petrificada. Do quarto, de tempos em tempos, ouviam-se as exclamações queixosas de Margarita:

— Mas onde está Gayané?

Não lhe respondiam.

Apenas Viktória dormia — na caminha da irmã, abraçando seu travesseiro, empapado quase de ponta a ponta, e apertando os joelhos contra a barriga, na mesma posição em que Gayané dormia na enfermaria de isolamento do pronto-socorro, onde esclareciam sua identidade e seu diagnóstico.

Quando o telefone tocou e disseram a Emma Achótovna que fosse ao hospital Filátov, onde, ao que tudo indicava, encontrava-se sua neta desaparecida, Sergo desfez-se em um pranto violento, e Emma Achótovna conseguiu dar-lhe uma boa dose de valeriana antes que ele se enfiasse no casaco grosso de algodão. Pela primeira vez na vida, Sergo tomava a sogra pelo braço e, embalados pela neve da noite, cujos montes ainda não tinham sido varridos pelos faxineiros do alvorecer, conduziu-a, de casaco altivo e chapéu de pele com uma aba de seda na nuca, pela rua Nikítskaia até a Spiridônovka, passando pela Sadôvaia, e logo chegaram à recepção do hospital Filátov.

Através da porta de vidro, mostraram a Emma Achótovna a menina adormecida, contudo não a deixaram entrar no isolamento, dizendo que embora estivesse sã e salva, algo nela não estava em ordem, e pela manhã seria examinada por neurologistas e outros especialistas, pois dormia sem acordar, e nem quando a puseram numa banheira quente ela saíra da posição em que fora encontrada: joelhos dobrados e as mãos cruzadas no peito. No entanto, dormia tranquilamente e não tinha febre.

Então Sergo finalmente passou mal, empalideceu e desabou em uma cadeira que surgira por acaso. Voltou a si após cheirar amoníaco, e então foi Emma Achótovna quem tomou o genro pelo braço, levando-o pela Sadôvaia, pela Spiridônovka e pela Nikítskaia até em casa, na travessa Merzliakóvski. Os faxineiros já tinham limpado as calçadas, estava claro; os empregados apressavam-se para seus bondes que retiniam...

Ambos foram em silêncio. Quase não conversavam desde que ele voltara do front. Sim, propriamente falando, nessa família só conversavam as meninas, ou só se conversava com as meninas. Já os adultos — Margarita, Sergo, Emma Achótovna — apenas proferiam constantemente seus monólogos interiores. Era a música triste da insanidade familiar, da insolúvel reprovação feminina e da igualmente insolúvel teimosia masculina.

O silêncio mútuo de hoje, porém, não era recheado de discórdia; nenhum dos dois compreendia o que acontecera com a criança, e essa carência de compreensão, e a noite monstruosa que tinham compartilhado, aproximavam-nos.

"Ah, estúpido, estúpido", ela pensava, de forma compassiva e fugidia, a respeito de Sergo, enquanto o conduzia pelo braço. "E eu mesma fui uma estúpida, como ficou claro...", Emma Achótovna avaliava a situação de forma prática. E permitiu-se algo inédito — dirigiu-se a ele com uma pergunta:

A enjeitada

— Serioja, o que foi que aconteceu com ela, hein?

— Sabe Deus, mãe. Não entendo absolutamente nada: a menina tem de tudo — disse, com sotaque mais forte que o de costume. Fazia muito tempo que pareciam ter a mesma idade, o cinquentenário Sergo e a sexagenária Emma Achótovna.

Quando chegaram em casa, avistaram na entrada uma multidão rala e uma ambulância. Parecia a materialização de todos os medos daquela noite, porém suas forças espirituais estavam completamente exauridas, e por isso Emma Achótovna sequer se interessou em saber por quem o "socorro" viera.

E o carro tinha vindo buscar Beckerikha. De manhã cedo, sua vizinha, a faxineira Kovalióva, sem ouvir os habituais sons dos preparativos matinais vindos do aposento, e sem avistar a vizinha perto da torneira da cozinha, bateu em sua porta, chamou-a e, sem escutar resposta, forçou a porta com o ombro. O ferrolho saiu voando, e Kovalióva descobriu Beckerikha com a cara afundada num travesseiro descarnado e as pernas caídas no chão. Era como se estivesse sentada e depois tivesse caído de cara no sinete oficial da fronha do hospital. A insuficiência cardíaca aguda surpreendera Beckerikha de forma tão inesperada que ela deixara os dois dedos de vinho tinto sem beber.

Fênia disse que foi "pelos pecados". Mas esses pecados não existiam. E ninguém nunca vai saber explicar por que o destino cruel mandara Tanina para os trabalhos forçados devido ao sobrenome alemão de um antepassado, que fizera parte da equipe de construtores navais de Pedro,[24] e depois, com meticulosidade fastidiosa, levara-lhe o marido, a mãe, a irmã e a filha de três anos de idade, para, por fim, transfor-

---

[24] O tsar Pedro I (1682-1725), fundador da primeira base naval russa. (N. do T.)

má-la no tormento horrível de uma menina de dez anos que ela jamais tivera diante dos olhos...

Viktória, que a avó não acordou para ir à escola, dormia serena. Em compensação, Margarita estava acordada. Penteada e vestida, estava de pé sobre uma cadeira no meio da sala de jantar e limpava com um lenço úmido os cristais do lustre.

— E então, como está Gayané? — perguntou, do alto. Os bastões de vidro continuavam a tilintar.

— Tudo em ordem. Está dormindo — Emma Achótovna respondeu com cautela.

— Quase fiquei louca — disse Margarita, em voz baixa. — Mamãezinha, faça *pilaf* para o jantar.

Foi então que Emma Achótovna, atônita, afundou suavemente na otomana. Depois Margarita levou os olhos para o marido, que tinha entrado na sala, e pela primeira vez em muitos anos dirigiu-se a ele:

— Sergo, ajude-me a descer. Vi que o lustre estava muito empoeirado...

Viktória, que acordara naquela hora, ouviu tudo perfeitamente do seu quarto. Bocejou, esticou as pernas e se espreguiçou.

"Que bobinha é a Gayané... Vou dar meu cachorro americano para ela", decidiu, magnânima. Descendo da cama, encontrou o cachorro do *lend-lease*[25] e o dispôs sentado sobre o travesseiro da irmã — uma testemunha de pelúcia de sua consciência intranquila...

Naquele mesmo momento, Gayané acordou no hospital. Endireitou as pernas entorpecidas. Não tinha a catalepsia que os médicos supunham. Olhou em volta. O sonho com

---

[25] Programa do governo dos Estados Unidos de fornecimento de armas e bens materiais aos países aliados durante a Segunda Guerra Mundial. (N. do T.)

as janelas brancas, viscosas de tinta, não lhe agradou, e ela voltou a fechar os olhos.

Na segunda vez em que acordou, a avó estava sentada a seu lado, em uma cadeira, cintilando seus brincos de diamante, e sorria, feliz, com os lábios pintados de vermelho, e por isso em seus amarelados dentes da frente viam-se traços de batom. Gayané entendeu que aquilo não era um sonho. E de trás das costas da avó, Iúli Solomónovitch olhava para ela, com seu avental crepitante jogado sobre os ombros. A ele, que era um médico conhecido, haviam confiado a paciente em troca de um recibo, e agora ele esfregava suas mãos rosadas e ressecadas, para não queimar o corpo quente da criança com o frio da rua que penetrara suas luvas velhas...

NO DIA 2 DE MARÇO DAQUELE MESMO ANO

Era um inverno terrível: o frio, especialmente úmido e abafado, era um cobertor de algodão especialmente sujo nos ombros de um céu caído. O bisavô estava acamado desde o outono, morria lentamente no estreito canapé atapetado, e seus olhos fundos, de um amarelo cinzento, olhavam ao redor com ternura. A mão esquerda não largava os filactérios. Com a direita, apoiava contra o ventre uma bolsa de água quente elétrica, revestida de uma gasta sarja cinzenta. Aquela amostra do progresso técnico de inícios do século fora trazida de Viena pelo filho Aleksandr, ainda antes da guerra, quando ele voltou para casa depois de oito anos ensinando no exterior como jovem professor de medicina.

Aquecer o ventre, em geral, era severamente proibido, mas a dor era amenizada sob aquele calor débil e mortiço, e o filho oncologista, no fim das contas, acabou atendendo o pedido do velho e permitiu a bolsa. Conhecia bem as dimensões do tumor e das áreas tomadas pelas metástases, que excluíam a possibilidade de cirurgia, e se curvava diante da coragem silenciosa do pai, que, durante todos os seus noventa anos de vida, não se queixara nem se lamentara de nada.

Ao chegar da escola, a bisneta Lílietchka, a favorita, de olhos castanhos cintilantes e cabelos negros opacos, com o vestido marrom do uniforme, toda manchada de giz e de tinta lilás, carinhosa e rosada, trepava na borda do canapé, junto ao flanco do doente, puxava a manta para si, remexendo os cotovelos e joelhos roliços, e cochichava no ouvido descarnado e peludo do bisavô:

— Vamos, conte...

E o velho Aarón contava — ora de Gideão, ora de Daniel. De guerreiros míticos, beldades, sábios e monarcas de nomes exóticos, todos parentes seus, mortos havia muito, mas que deixavam na menina a impressão de que o bisavô Aarón, por sua antiguidade, conhecera e se lembrava de alguns deles.

Era um inverno terrível também para Lílietchka: ela também sentia o peso peculiar do céu, o desalento doméstico e a hostilidade do ar da rua. Estava com doze anos. Tinha dor nas axilas, os mamilos coçavam de forma repugnante e, de tempos em tempos, elevava-se uma onda de repulsa asquerosa por aqueles pequenos inchaços, por aqueles cabelinhos escuros e rudes, pelas pústulas minúsculas na testa, e toda a sua alma se opunha cegamente àquelas modificações desagradáveis e impuras do corpo. E tudo, tudo estava absolutamente impregnado de repulsa e fazia lembrar a película gordurosa amarelo-cenoura da sopa de cogumelos: o triste Guiódike,[26] que ela torturava todos os dias no piano frio, os culotes de lã que pinicavam, que ela vestia de manhã, e as capas dos cadernos, de um lilás mortiço... E apenas junto ao flanco do bisavô, cheirando a cânfora e papel velho, ela se libertava daquele penoso devaneio.

A avó Bela Zinóvievna, professora, especialista em doenças de pele, e o avô Aleksandr Aarónovitch formavam um casal robusto, e juntos carregavam um fardo que não era dos menores. Aleksandr Aarónovitch — em família, Súrik — era um homem alto, ossudo e de orelhas largas, autor de piadas despretensiosas e operações de inteligência ardilosa, e gos-

---

[26] Aleksandr Guiódike (1877-1957), compositor russo. (N. do T.)

tava de dizer que consagrara toda a sua vida a duas damas: Biélotchka[27] e a medicina. A baixinha e corpulenta Biélotchka, de sobrancelhas lustrosas, boca pintada de vermelho e cabelo de um grisalho reluzente, não temia a concorrência. Uma estranha emoção se apoderava de ambos quando, ao chegar do trabalho, surpreendiam o velho e a menina absortos um com o outro. Entreolhavam-se, e Biélotchka limpava uma lágrima do cantinho de seu olho maquiado. Súrik tamborilava os dedos na mesa de forma significativa e admoestadora, Bela erguia a mão aberta, como se fizesse o alfabeto dos surdos-mudos. Tinham uma boa quantidade de gestos assim, sinais, misteriosas mensagens sem palavras, e pouco precisavam de palavras, captavam todas as correntes recíprocas que vinham do coração do outro.

Aqueles velhos ainda jovens compreendiam que o ancião estava partindo e que, no limiar da morte, transmitia sua riqueza duvidosa à geração mais jovem, uma menina no limiar da mocidade. E embora os contos vetustos do povo antigo parecessem aos professores eruditos uma roupagem ingênua e surrada do pensamento humano, embora tivessem moldado e disciplinado suas mentalidades na escola do positivismo europeu, em Viena e Zurique, e, acostumados ao hábil jogo da ciência, dobrassem-se apenas diante de um Deus de papelão — o dos fenômenos elusivos — e vivessem corajosamente em um ateísmo honrado e pesaroso, ambos sentiam que ali, no canapé roto, ao lado da morte condescendente e sem pressa, florescia um oásis extraordinário. Lá não havia médicos envenenadores, nem o pavor místico de suas maquinações malévolas, que se apossara de milhões de pessoas.[28]

[27] Diminutivo de Bela. (N. do T.)

[28] Referência ao "caso dos médicos", campanha antissemita desencadeada por Stálin em 1952, acusando médicos judeus de conspiração para assassinar líderes soviéticos. (N. do T.)

No dia 2 de março daquele mesmo ano

Apenas ali o espírito daquele veneno real — o medo, a estupidez e o espírito diabólico — batia em retirada, e os professores eruditos, desalentados, sempre preparados para a prisão, para a deportação, para o que fosse, hesitavam em deixar a sala de jantar, o aposento comum em que o velho agonizava, e partir em direção às suas ocupações científicas, e em vez disso ficavam sentados na poltrona, diante de uma raríssima raridade da época, um aparelho televisor, desligado, aliás, e escutavam o resmungo melodioso do velho: falava de Hamã e Mordecai.[29]

Sorriam um para o outro, ficavam melancólicos e calavam sobre a loucura na qual mergulhavam todos os dias ao cruzar a soleira da porta...

Tendo sobrevivido à grande guerra, perdido irmãos, sobrinhos e muitos parentes, porém conservado um ao outro — uma pequena família, toda uma plenitude de confiança mútua, amizade e ternura —, tendo obtido um êxito sólido e não chamativo, eles, aparentemente, enquanto tivessem saúde, força e experiência, ainda poderiam viver toda uma década em equilíbrio feliz, como sempre desejaram: trabalhar com apetite a semana inteira, rica em afazeres, ir aos sábados e domingos à nova *datcha*, recém-construída, tocar Schubert a quatro mãos no instrumento ruim que tinham lá, nadar depois do almoço no riacho escuro em forma de jarro, tomar chá do samovar que fica na varanda de madeira, sob os raios oblíquos do sol poente, à noite ler Dickens ou Mérimée e adormecer simultaneamente, abraçados de um jeito que se moldara ao longo de quarenta e tantos anos, em que não dava para entender se o que garantia a estabilidade do conforto era o formato das saliências e concavidades que seus

---

[29] Personagens bíblicos do Livro de Ester, cuja história é celebrada no feriado judaico do Purim. (N. do T.)

corpos adquiriam em determinadas poses ou se, ao longo de todos esses anos de abraço noturno, os corpos se haviam deformado ao encontro um do outro, assim dando origem a tal unidade.

E em suas cabeças grisalhas já era o bastante para lhes perturbar a vida, aquele longo e duro conflito com o filho, que escolhera voluntariamente uma área de atividade que nenhuma pessoa normal aceitaria, nem por todo o dinheiro do mundo. Ocupava um posto importante, mas indefinido, morava no Nordeste do país, depois do Círculo Polar, junto com Chura, sua mulher em formato de urso, e Aleksandr, o filho caçula; e havia uma zombaria do destino no fato de as pessoas mais incompatíveis da família terem o mesmo nome.

Em 1943 o filho levara Lília, a mais velha, para Viátka, para o hospital militar onde seus pais passavam doze horas por dia ao pé de uma mesa de operação. A menina tinha cinco meses e pesava três quilos, parecia uma boneca mirrada, e desde aquele dia até o fim da guerra os dois trabalharam em turnos diferentes — Aleksandr Aarónovitch normalmente pegava o da noite. E assim, Lília, endireitada e alimentada por Bela Zinóvievna, ficou com os avós, renascida com a gloriosa sina de neta de acadêmicos. Porém, conhecendo a sensibilidade de Chura, sua mãe de sangue, que de vez em quando vinha visitar, ela chamava os pais adotivos de Biélotchka e Súrik, e o bisavô, de avô.

Agora, Bela e Súrik estavam sentados nas poltronas velhas e macias de revestimento austero, de lado para o canapé, fazendo de conta de que não ouviam os cochichos do velho e da menina.

— Vovô — horrorizava-se Lília —, então enforcaram mesmo todos os inimigos na árvore, todos?

— Não estou dizendo que isso é bom ou ruim. Estou dizendo que foi o que aconteceu — respondeu o bisavô, com lamento em sua voz.

No dia 2 de março daquele mesmo ano

— Virão outros, e se vingarão, e matarão Mordecai — afirmou a menina, com angústia.

— Mas é claro — o bisavô se alegrou, sem saber por quê —, é claro, foi o que aconteceu depois. Vieram outros, mataram esses, e começou de novo. No geral, estou lhe dizendo, Israel não vive pela vitória, Israel vive... — Levou à testa a mão esquerda com os filactérios e ergueu os dedos: — Está entendendo?

— Por Deus? — perguntou a menina.

— Estou dizendo, você é sabida — o avô Aarón sorriu com a boca completamente desdentada e infantil.

— Você está ouvindo com o que ele está enchendo a cabeça da criança? — Bela perguntou com tristeza ao marido, quando já estavam no quarto, sentados à "escrivaninha de casal", como brincava Súrik...

— Biélotchka, ele é um simples sapateiro, o meu pai. Mas não cabe a mim ensiná-lo. Sabe, às vezes acho que eu teria me saído melhor como sapateiro — disse Súrik, sombrio.

— De que está falando? É impossível voltar atrás! — respondeu, irritada, a inteligente Biélotchka.

— Então não precisa se preocupar com Lílietchka — ele riu.

— Ah! — Bela abanou o braço. Mas ela é prática, e não tão sublime assim. — Não é disso que tenho medo! O medo é de que ela dê com a língua nos dentes na escola.

— Minha alma! Mas agora isso não tem mais importância alguma — Súrik deu de ombros.

Bela Zinóvievna preocupava-se à toa. Lília não tinha como dar com a língua nos dentes; desde o outono, ninguém na classe falava com ela. Ninguém, à exceção de Ninka Kniázeva, que devia ser transferida para uma escola para deficientes, mas não conseguiam reunir os papéis. Forte, de uma beleza rara, Ninka tivera um desenvolvimento precoce, nada nórdico, e era a única menina da classe que, devido à debilidade mental, não apenas cumprimentava Lília, como formava par com ela de bom grado quando levavam aquele bando que piava alto a algum museu obrigatoriamente galardoado com a Ordem da Bandeira Vermelha.

A época tinha seus imperativos: tártaros eram amigos de tártaros, alunos medianos de alunos medianos, filhos de médicos de filhos de médicos. Especialmente filhos de médicos judeus. Nem a Índia Antiga conheceu sistema de castas tão mesquinho, tão risível. Lília ficou sem amiga: Tânia Kogan, vizinha e colega de classe, fora enviada pelos pais à casa de uns parentes em Riga, ainda antes do Ano Novo, e por isso os últimos dois meses tinham sido completamente insuportáveis para Lília.

Toda irrupção de riso, de animação, todo sussurro, tudo Lília tinha a impressão de ser dirigido contra ela. Ouvia ao redor um zunido sombrio, um som de "j", marrom-amarelado, de um besouro que deixava em seu rastro a palavra *jidóvka*.[30] E o mais aflitivo era que essa coisa sombria, viscosa, pegajosa, estava ligada à sua família, ao avô Aarón, a seus livros que cheiravam a couro, ao odor oriental de mel e canela e à fluida luz dourada que sempre rodeava o avô e ocupava todo o canto esquerdo do quarto em que ele estava deitado.

Além disso, aquelas duas sensações estavam unidas para sempre, de forma inconcebível: a luminescência dourada da casa e o zunido marrom da rua.

Mal soava a campainha libertadora, rouca e longamente aguardada, Lília enfiava na pasta seus cadernos exemplares e voava, com as pernas pesadas, para o vestíbulo, para poder o quanto antes, sem nem fechar os botões e os odio-

---

[30] Termo pejorativo para "judia". (N. do T.)

No dia 2 de março daquele mesmo ano

sos colchetes embaixo do pescoço, prorromper ao ar livre e, rapidamente, por entre bolotas de uma papa de neve cinzenta, por entre poças de gelo batido, com as galochas salpicando as meias e a barra do casaco, cruzar mais um pátio — e lá estava a entrada de seu prédio, que tinha o cheiro reconfortante de cal úmida, e mais adiante a escada para o primeiro andar, sem patamar, com uma curva suave, rumo à porta alta e negra com a cordial placa de cobre com o nome Jijmórski, aquele seu nome horrível, inconcebível, vergonhoso.

Nos últimos tempos, somara-se mais uma provação: na saída do pátio da escola, balançando no alto portão enferrujado, esperava-a uma pessoa horrível, Vitka[31] Bodrov, conhecido no pátio da escola como Bodrik. Tinha olhos azuis cor de lata e um rosto sem pormenores.

O jogo não tinha nada de engenhoso. A saída do pátio da escola era só uma, por aquele portão. Quando Lília se aproximava dele, tentando se enfiar mais fundo na multidão, as solícitas colegas de classe ou se afastavam um pouco, ou corriam para a frente, e quando ela entrava na área de perigo, Bodrik tomava impulso com o pé e, assim que a deixava passar, largava torpemente o portão que rangia nas suas costas. O golpe não era forte, mas era ultrajante... Todo dia ele trazia algo de novo ao jogo. Certa vez, Lília virou-se, para receber o golpe não nas costas, mas na cara, agarrando as barras de ferro e pendurando-se nelas.

Outra vez, ficou à distância do portão, esperou por muito tempo, fazendo de conta que não estava se preparando para ir para casa. Mas Bodrik tinha superabundância de paciência e tempo livre e, após retê-la desse modo por meia hora, observou com satisfação como ela tentava se enfiar entre as barras da grade. Essa tentativa não obteve sucesso, nem a

---

[31] Diminutivo de Viktor. (N. do T.)

mais magricela das meninas poderia passar por aquela brecha estreita, mesmo que não estivesse sobrecarregada por um casaco grosso.

Houve um dia feliz, quando ela conseguiu passar na frente da velha professora Antonina Vladímirovna, cujo rosto da Sibéria oriental refletiu extremo espanto com tamanha falta de educação.

Dia após dia, a atração incrementava. Vinham assisti-la todos que tinham tempo. Dia após dia, os espectadores tornavam-se cada vez mais numerosos, e justamente na véspera haviam sido recompensados com um espetáculo cativante: Lília empreendera uma tentativa desesperada, e quase exitosa, de escalar a grade da escola, encimada de pontas finas de aço. Primeiro passou a pasta entre as barras, depois colocou o pé em um lugar que planejara anteriormente, onde algumas barras eram curvas. Trepou até o alto, passou uma perna, depois outra, e lá entendeu que cometera um erro ao não ter se virado antes. Morrendo de medo, fez um giro e escorreu lentamente para baixo, apertando o rosto contra o ferro enferrujado.

A aba de seu casaco ficou presa em uma ponta. No começo, ela não entendeu o que a detinha, depois deu um puxão. O honorável revestimento de lã daquele velho casaco do professor, que agora terminava sua vida virado do avesso, em um jovem corpo roliço, distendeu-se, retesado, resistindo com cada um de seus fios de primeira qualidade.

Extasiados, os observadores prorromperam em estrondo, Lília bateu asas como um grande pássaro gordo, e o casaco soltou-a, com um estalo rouquenho. Quando ela caiu no chão, Bodrik estava a seu lado com a pasta suja na mão e sorria afavelmente:

— Muito bem, Lilka. Que ágil. Não quer subir de novo?

E, com um movimento enganoso de caçador, atirou a pasta dela com uma suavidade aparente, mas seu pulso era preciso como o de um aborígene australiano. A pasta subiu, ficou de lado, girou no ar e baqueou do outro lado da grade. E todos caíram na risada.

Lília pegou o gorro de lã que caíra, com suas duas orelhas estúpidas, e sem olhar para trás, reunindo todas as forças para não correr, foi para casa.

Não saíram em seu encalço. Meia hora mais tarde, a fiel Ninka trouxe a pasta rota e seu lenço de bolso, deixando-os na porta.

De manhã, Lília tentou ficar doente, queixando-se da garganta. Bela Zinóvievna deu uma olhada na boca dela, enfiou um termômetro debaixo do braço, captou com um olhar a coluna evanescente de mercúrio e, carrancuda, proferiu a sentença:

— Levante, menina, ao trabalho. Todos temos trabalho.

Nisso consistia sua religião, não admitia a blasfêmia da preguiça. Lília arrastou-se tristemente até a escola e passou três aulas afligindo-se com a inescapável travessia dos portões do inferno. Mas, na quarta aula, uma coisa aconteceu.

Ainda era primeiro de março, e o leme do navio insubmersível ainda não caíra das mãos do Grande Timoneiro.[32] Se Aleksandr Aarónovitch e Bela Zinóvievna ficassem sabendo dessa conduta improvável da reservada Lílietchka, teriam-na apreciado muito.

Bem, perto do final da quarta aula, Antonina Vladímirovna, fazendo reluzir a parte mais inspirada de seu rosto, os dentes de ferro, que mantinham um diálogo metálico com o broche de prata do colarinho, em forma de cocô rosqueado e espiralado, pegou o ponteiro de um metro e meio e dirigiu-

---

[32] Stálin morreu no dia 5 de março de 1953. Antes de ser adotado por Mao Tsé-Tung, o epíteto "Grande Timoneiro" foi amplamente usado na imprensa soviética para referir-se a Stálin. (N. do T.)

-se a um cartaz empoeirado e colorido no fundo da sala de aula. Segurando o ponteiro como um florete, pôs sua extremidade sobre a imperecível palavra "internacional".

— Olhem para cá, crianças! — "crianças", assim dirigia-se a elas, não com o "meninas", como no ginásio, nem com o amorfo "pessoal" —, aqui estão retratados representantes de todos os povos de nossa pátria grandiosa e de muitas nações. Vejam, aqui estão os russos, os ucranianos, os georgianos e — Lília virara-se de lado, em pânico mudo: será que ela o diria agora, e toda a classe se voltaria em sua direção? — os tártaros — prosseguiu a professora.

Todas se viraram para Raia Akhmátova, e o rosto dela se encheu de sangue escuro. E Antonina Vladímirovna continuava a trilhar aquele caminho perigoso:

— Os armênios, os *azerbeidjanos* — falou assim mesmo, "*azerbeidjanos*"... e passe reto, passe reto... não! — e os judeus!

Lília ficou petrificada. Toda a classe se virou em sua direção. Aquela sagrada mula, *raznotchínietz*[33] puro sangue, de avô sacristão, de avó lavadeira, aquela virgem pura, com atestado médico de *virgina intacta* e uma filha adotada durante a guerra — a Zoia, que era malvada e vesga —, aquela admiradora de Tchernichévski e adoradora de Clara Zetkin, Rosa Luxemburgo e Nadiéjda Konstantínovna,[34] que tinha uma veia feminista tão profética, que acreditava no "primado da matéria" como seu avô sacristão acreditara na San-

---

[33] Na Rússia imperial, estrato social formado por pessoas educadas que não eram servas mas não pertenciam à nobreza. Boa parte dos intelectuais progressistas da segunda metade do século XIX provinha dessa camada. (N. do T.)

[34] Nadiéjda Konstantínovna Krúpskaia (1869-1939), líder bolchevique que foi casada com Lênin. (N. do T.)

No dia 2 de março daquele mesmo ano

tíssima Mãe de Deus, íntegra como uma vidraça, ela sabia muito bem que inimigos são inimigos e judeus são judeus.

Mas Lília não entendia, na época, a grandeza daquela conduta. Grudou na carteira escolar pintada a óleo o intervalo nu entre a meia curta e o elástico apertado das odiadas calças azuis-celestes de lã chinesa, com seus pelos longos que pinicavam.

— E para nós, todos os povos são iguais — Antonina Vladímirovna continuou em sua sagrada missão de professora —, não existem povos ruins, e cada povo tem os seus heróis, os seus criminosos, e até mesmo os seus inimigos do povo...

Ela disse mais alguma coisa enfadonha, supérflua, mas Lília já não a ouvia. Sentia uma veia pequenina palpitando perto do nariz e tocou o lugar com o dedo, imaginando se essa convulsão tinha sido notada por Svetka Bagatúria, sua vizinha da fileira ao lado.

Um êxito aguardava Lília junto ao portão da escola: Bodrik não estava lá. Com uma sensação de libertação completa e definitiva, sem pensar de jeito nenhum que ele podia voltar a aparecer depois de amanhã, disparou, saltitando, para casa. A porta de entrada do prédio, normalmente bem trancada, com uma mola rígida, dessa vez estava um pouco entreaberta, mas Lília não prestou atenção. Escancarou-a e, passando da luz às trevas, pôde distinguir apenas a silhueta de uma pessoa junto à porta interna. Era Bodrik. Era ele que segurava a porta de leve, com o pé, para ver com antecedência quem entraria.

Separavam-nos agora dois passos de escuridão absoluta, mas de alguma forma ela viu que ele tinha as costas apoiadas contra a porta interna, os braços cruzados, e a cabeça, de espessos cabelos castanho-claros, inclinada.

Era um ator, aquele Bodrik, e agora representava uma

coisa terrível e importante, achava que era Cristo mas, na verdade, era um bandido pequeno, insolente e infeliz. E a menina estava diante dele com seu rosto dolorosamente semita: nariz fino de ponte alta, olhos cujos cantos exteriores pesavam para baixo, boca docemente salientada, o mesmo rosto que tinha a Maria de José...

— E por que os seus judeus crucificaram o nosso Cristo? — perguntou, com voz sardônica.

Perguntava como se os judeus tivessem crucificado esse Cristo exclusivamente para conferirem a ele, Bodrik, direito pleno e sagrado de bater no traseiro de Lilka com o portão de ferro enferrujado.

Ela congelou na antecipação, como se tivesse esquecido a possibilidade de fugir para a rua, de escapar imediatamente. Afinal, a porta principal estava às suas costas. Por algum motivo, ficou pregada.

Bodrik deu um passo em sua direção, segurou-a firme, deslizou as mãos para baixo e, arregaçando o casaco desabotoado, meteu a mão exatamente naquele intervalo nu entre a meia e o elástico das calças, puxando-o até a virilha.

Ela escapou, saltou para um canto, bateu com a pasta em algum lugar sensível de Bodrik. Ele gemeu, e ela, que subitamente, naquela escuridão absoluta, conseguira encontrar com os dedos a maçaneta da porta, disparou para a rua. Uma densa chama rósea ardia-lhe na cabeça, todo o ar ao redor se abrasou e tudo se inundou de um furor vermelho, tão poderoso que ela tremia, mal conseguindo conter a enormidade desse sentimento, que não tinha nome nem limite.

A porta abriu devagar. Bodrik saiu, curvado para a frente, meio de viés. Ela se atirou contra ele, agarrou-o pelo ombro e, urrando, sacudiu-o contra a porta. O ataque inesperado o deixou absolutamente desnorteado. Aquele sentimento complexo que experimentava por ela havia tempos, uma mescla de atração, raiva e inveja inconsciente de sua vida assea-

No dia 2 de março daquele mesmo ano

da e bem nutrida, não podia ser comparado, em força e justificativa interior, com a explosão de fúria incandescente que se desencadeara na alma dela.

Tentou se desvencilhar, sacudi-la, mas era impossível. Nem sequer conseguia levantar a mão para golpeá-la. Só conseguiu se enfiar num canto da porta de entrada, em uma ranhura cega do muro, onde não estariam à vista de quem passasse pelo pátio. Mas isso não foi melhor. Ela o sacudia pelo ombro, batia-lhe a cabeça na pedra cinza e áspera, ele rangia os dentes e a única coisa que pôde fazer foi, depois de liberar uma das mãos, esbofeteá-la duas vezes no rosto vermelho e úmido, ainda por cima não de modo viril, com o punho, mas com os cinco dedos abertos, deixando-lhe na cara quatro arranhões toscos e sujos. Mas ela nem sentiu. Continuava jogando-o contra o muro, até que a fúria, de repente, como um balão vermelho de ar, afastou-se dela e saiu voando. Então ela o largou e, virando-lhe as costas indefesas, absolutamente sem pensar na possibilidade de um ataque por trás, dirigiu-se livremente para o portão de seu prédio...

... Como gostara dele no verão passado!... Ela passava horas atrás da cortina de tule do quarto da avó, a observá-lo enquanto ele agitava uma vara comprida com um pano esvoaçante na ponta, e seus pombos erguiam-se preguiçosamente, primeiro rodando acima do pombal em um bando desordenado e desmazelado, depois alinhando-se, descrevendo largos círculos harmoniosos, cada vez mais largos, até serem levados pelo céu limpo, lavado e quente. Ao passar pela moradia deles, uma construção baixa de duas janelas, com o pombal anexo, um galpão e um galinheiro, ela desacelerava o passo e examinava o interior atraente da vida privada alheia: os barris de metal, o banco de carpinteiro no qual trabalhava o velho Bodrov, que então gozava de liberdade temporária de suas prisões costumeiras, um aquecedor enferrujado, desmontado, largado em algum lugar no chão...

No final do verão, Bela Zinóvievna, cumprindo com firmeza um dever anacrônico dos ricos para com os pobres, que só ela conhecia, mandou Lília à casa da zeladora com uma pequena pilha de roupas muito bem passadas e arrumadas com cuidado, roupas que pertenceram a ela, Lília, que naquele ano crescera tão precipitadamente. As meninas Bodrov, Ninka e Niúchka, repartiram os bens de Lília com ganidos e algazarra, a zeladora Tonka agradeceu e enfiou na mão de Lília um pequeno pepino verde, mas Bodrik, que avistara Lília de longe, retirou-se para junto de seus pombos, coelhos e pintinhos, e não se mostrou durante todo o tempo em que Lília permaneceu em seu cercado, separado do pátio comum. E Lília ficara olhando o tempo todo naquela direção, para ver se ele viria...

E só agora, no portão principal, ela entendia que aquilo era o mais terrível.

A velha Nástia, que morava com eles já fazia vinte anos, não estava em casa. O bisavô, junto ao qual Lílietchka queria se enfiar, dormia indiferente, soltando roncos de vez em quando. Ela se enfurnou no quarto da avó, no "divãzinho da amargura", que era como Bela Zinóvievna designava a poltrona *récamier*, único objeto a não ter seu duplo naquele reino de pares, onde tudo se duplicava, como se o quarto fosse dividido longitudinalmente por um espelho invisível: duas camas orgulhosas com placas de bronze, dois criados-mudos, duas molduras semelhantes, com quadros que mal se distinguiam um do outro. Lília costumava dormir no "divãzinho da amargura" em tempo de doença, quando a avó a trazia para seu quarto. E aqui vinha para chorar quando ocorria algum desgosto de infância.

Agora tinha calafrios, a parte de baixo da barriga doía, e ela se revirava no divãzinho, cobrindo a cabeça com um pesado roupão xadrez com um cordão lilás retorcido, desco-

No dia 2 de março daquele mesmo ano

sido em alguns lugares. Tinha vontade de dormir, e dormiu instantaneamente, sempre mantendo na cabeça um pensamento que não a abandonou nem no sono: como tenho vontade de dormir...

O sono foi até longo, mas totalmente fixo em uma única nota — a dor chata e a repugnância desmedida. Repugnância pelo tecido áspero da almofada do canapé, pelo aroma indecoroso, de sabão, do "Moscou Vermelha",[35] o perfume favorito da avó. E tudo recoberto por um desejo desmedido de fugir para uma fenda redonda, quente, que conhecia há muito tempo, e lá submergir em um sono mais profundo, onde não há aromas, nem dores, nem aquela vergonha aflitiva que ela não sabia de onde viera. Para lá, onde não há nada, absolutamente nada.

Não ouviu o rebuliço surdo atrás da parede, em torno do avô, os soluços de Nástia, o tinido discreto de uma seringa.

Tarde, às oito da noite, foi acordada pela avó, e verificou-se que mesmo assim conseguira ir para bem longe, pois, ao despertar, não entendeu de imediato onde se encontrava — daquela lonjura distante, regressara ao quarto da avó, ao mundo dos pares simétricos e regulares, e ficou espantada com o rosto claro que se inclinava sobre ela, que parecia de cabeça para baixo, irreconhecível, como se as regiões do sono em que estivera fossem por natureza tão persuasivamente únicas que excluíssem a própria possibilidade de pares e de simetria.

Bela Zinóvievna, por sua vez, examinava perplexa os quatro arranhões recentes que iam da testa ao queixo, passando pela bochecha.

---

[35] *Krásnaia Moskvá*, perfume criado em 1925 pela fábrica Nóvaia Zariá. (N. do T.)

— Oh, Senhor, Lília, o que aconteceu com a sua cara? — perguntou Bela Zinóvievna.

A menina ficou pensativa por um minuto, de tão profundamente que esquecera o acontecimento do dia. Depois ele veio à tona, todo de uma vez, com toda a semana antecedente e o verão passado, mas veio à tona em um aspecto completamente irreconhecível, modificado, ínfimo. Fora tudo uma tolice, uma ninharia insignificante, um evento antiquíssimo e quase esquecido.

— Uma bobagem, briguei com Bodrik — respondeu Lília, descuidada, com um sorriso no rosto sonolento.

— Como assim, brigou? — voltou a perguntar Bela Zinóvievna.

— Por umas besteiras, por que crucificaram Cristo... — sorriu Lília.

— O quê? — voltou a perguntar Bela Zinóvievna, juntando as sobrancelhas negras. E, sem ouvir resposta, mandou-a vestir-se sem demora.

Um reflexo da ira que se apoderara de Lília perto da entrada do prédio erguia-se agora sobre sua avó.

— Que baixeza, que ingratidão negra — fervia Bela Zinóvievna, arrastando a recalcitrante Lílietchka pela mão à morada dos Bodrov. No final das contas, a questão não eram os trinta rublos exatos que Bela Zinóvievna pontualmente oferecia, nos feriados, àquela bêbada infeliz e degradada, nem as pequenas pilhas de roupas velhas de Lílietchka, que ainda eram bem decentes; a questão era que, segundo seu conceito simétrico de justiça, o filho de Tonka não podia erguer a mão para sua menina limpinha e serena, para seu rostinho rosado e bronzeado, ofendê-la com seu toque imundo, com aqueles arranhões horríveis. Por sinal, ia ter que lavar com água oxigenada...

Bela Zinóvievna bateu e, sem esperar resposta, escancarou a porta curvada. No aposento, em meio a uma grande

No dia 2 de março daquele mesmo ano

estufa e varais estendidos de roupa molhada, não era possível distinguir nada nem ninguém. O cheiro era ainda pior que o do "Moscou Vermelha", não podia haver nada mais terrivelmente baixo: urina, mofo, cogumelos e algas.

— Tônia! — Bela Zinóvievna chamou, com voz imperiosa, e algo começou a se remexer, com um ruído, atrás da estufa.

Lília olhou para os lados. O que mais a espantava era o chão. Era de terra batida, coberto aqui e ali de tábuas irregulares. Em um canto, em uma cama larga de ferro com barras enferrujadas, exatamente como as da grade da escola, Bodrik estava deitado com uma manta colorida. A seus pés estavam sentadas Ninka e Niúchka, enrolando, no espaldar da cama, largas fitas amassadas, nas quais cuspiam zelosamente antes de fazer uma espiral. No chão, ao lado da cama, havia uma bacia torta, que perdera a redondeza.

De trás da estufa, arrumando a saia, saiu a baixinha Tonka, cambaleando de leve.

— Aqui, Belzinovna! — Sorriu, e em cada bochecha de seu rosto largo e achatado cavou-se um buraco grande, redondo como um umbigo.

— Olha só o que o seu Viktor aprontou com a minha menina! — disse Bela Zinóvievna, severa, mas Tônia arregalava os olhos esbranquiçados e não conseguia entender de jeito nenhum o que ele tinha aprontado.

Sob a luz opaca, os arranhões que tanto tinham ofendido Bela Zinóvievna não se faziam ver de jeito nenhum. Lília recuou para fora da soleira. Estava com vergonha. Vitka sacudiu a cabeça, debruçou-se no leito e vomitou em silêncio na bacia.

— Ah, sua peste! — berrou Tonka, virando-se para o filho. — Vamos, levante, por que está deitado?!

Ambas cruzaram o pátio caladas. Lília novamente era arrastada e voltava a sentir o mesmo pesar que sentira de dia, antes de adormecer. Ao chegar em casa, entrou no banheiro, trancou-se à chave e se sentou na privada, abraçando a barriga dolorida. Nunca se sentira tão mal. Olhou para as calças abaixadas e viu, em seu azul celeste, uma mancha de sangue em forma de tulipa.

"Estou morrendo", supôs a menina, "e de um jeito tão horrível, tão vergonhoso."

Naquele momento, esqueceu-se de tudo sobre o que a avó lhe prevenira. Com repugnância tirou as calças manchadas, as pôs embaixo de um balde virado, que servia para lavar o assoalho, e largando o rosto arranhado nas palmas frias, com o coração feito vidro, ficou à espera da morte.

E a morte, estimulada pela espera, de fato entrou na casa. No canapé atapetado, o velho sapateiro Aarón emitiu seus últimos e ralos suspiros. Caíra num limbo. As pálpebras, que havia muito tinham perdido os cílios, não estavam fechadas de forma perfeitamente estreita, mas já não se via seu olho, apenas uma turva película esbranquiçada. As mãos ressequidas jaziam sobre o cobertor, e na esquerda estavam enroladas as pequenas correias de couro gasto, que ele, contrariando o costume, havia um mês que não tirava. Seus filhos, professores acadêmicos, carregados de muitos conhecimentos médicos volumosos e disparatados, estavam à cabeceira.

Na casa da zeladora, em uma cama de ferro, Bodrik estava deitado. Tinha uma concussão cerebral de grau médio.

Em um canapé estreito, numa casa nos arredores de Moscou, coberto até a metade por um velho cobertor militar, jazia um homem morto.

Mas ainda era o dia dois de março, e ainda levaria alguns dias longuíssimos até que o pai de Lílietchka, filho de pais decentes, saísse ao andaime de madeira, inchado, levando o coração enegrecido pelo pesar e suas dragonas de um azul inocente, e anunciasse, a um retângulo cinzento de muitos milhares — parte daquele grande povo que se perdia na gravura descolorida e débil representada no cartaz do fundo da classe de Lílietchka —, que ele havia morrido.

Naquela noite, todos se esqueceram da menina que se trancara no banheiro.

CATAPORA

No sólido e largo baú americano, com grampos metálicos e puxadores nas pontas, as meninas largaram as peliças, gastas no traseiro devido às escorregadas no gelo, as luvas apertadas, os cachecóis retorcidos e os culotes úmidos. Suas roupas tinham ficado muito molhadas e cobertas de gelo quando foram da escola à travessa em que morava Aliôna — passando por dois pátios, por um subúrbio com o meigo nome russo de Aldeia dos Gatos e por uma igreja medonha, meio em ruínas.

No caminho fizeram algumas brincadeiras, discutiram um pouco, a orgulhosa Pirojkóva se ofendeu e foi embora, e a gorda Plíchkina saiu correndo para buscá-la e também sumiu. Aguardaram-nas por cinco minutos no pátio de Aliôna mas, como não voltavam, entraram.

O prédio era o melhor de toda a região, era arquitetado, tinha torreões nos cantos dos telhados e um elevador. As cinco meninas se amontoaram no elevador, pisotearam, saltitaram, e ele respondeu com um sobressalto de ferro fundido.

A pobre Kolivânova, moradora da Aldeia dos Gatos, estava morrendo de medo: entrava em um elevador pela primeira vez na vida. Gáika Oganessian, que prometia, com o tempo, tornar-se uma beldade oriental, apertara o botão "6", branco e saliente, e sua irmã gêmea, Vika, que não prometia ser beldade nenhuma, um instante depois apertara o botão "stop", e o elevador, que se erguera pesadamente por meio metro, parou. Os olhos de Kolivânova ficaram esbugalhados e parecidos com aqueles botões esmaltados com números pretos no centro.

Gáika soltou um ganido alegre. Lília Jijmórskaia, apelidada Jija, estendeu a mão para os botões, mas Vika afastou-a. Maria Tchélicheva abriu a pasta — naquele dia estivera de plantão, por isso não teve tempo de passar em casa — e tirou um lápis-tinta, que umedeceu na boca, com ar atarefado. Enquanto aquela algazarra de pesadas roupas de inverno acontecia junto aos botões, ela traçou na moldura de madeira do espelho, com letra miúda e curva, uma palavra horrível de quatro letras, que não proferiria em voz alta até o fim da vida. Essa palavra afigurava-se-lhe de um marrom nojento, com um buraco sem fundo no meio, parecendo um clister de ponta-cabeça.

Kolivânova, que aprendera a dizê-la imediatamente depois da palavra "mamãe", e tinha um conhecimento prático de muitas outras palavras, pestanejou, perplexa.

É claro que ela não sabia que fora convidada exclusivamente graças a um acesso de democratismo que acometera a mãe de Aliôna ao examinar a lista de convidados da filha. A mãe diplomata descobrira, de forma absolutamente inesperada, que a teoria de igualdade e fraternidade, que inoculara consistentemente na criança quase desde seu nascimento, dera frutos imprevistos: Aliôna avaliara, com sutileza excepcional, a igualdade de bens das meninas mais abastadas da classe, e foram precisamente elas as escolhidas para suas relações de fraternidade e igualdade.

Como resultado, Aliôna recebeu uma repreensão imediata, e por instância de seus pais a pobre Kolivânova foi incluída entre as convidadas.

Enquanto as meninas faziam bagunça no elevador, empurrando-se e pulando, Aliôna estava deitada com o nariz afundado no travesseiro, em silêncio, na cama larga dos pais, que ficava numa alcova separada do mundo por uma cortina bem cerrada.

A menina russa Aliôna Pchenítchnikova era em parte americana: nascera em uma clínica esterilizada em Washington, onde o pai cumpria o serviço diplomático durante a guerra. A boa estirpe siberiana de seu pai, a boa qualidade de sua alimentação e uma educação higienicamente correta, longe dos agasalhos e da indulgência que desleixam as crianças russas, fizeram de Aliôna a criança ideal: cabelos espessos e reluzentes, dentes brancos e fortes e uma pele limpa e rosada.

Um depósito de sardas no nariz arrebitado e os dentes salientes à americana, sem que se saiba a razão, e ainda não ajustados por aparelho corretivo, eram os retoques últimos e definitivos de sua americanização. Mas eram poucos os que adivinhavam isso, além dos colegas de trabalho do pai, que tinham experiência de vida além-mar.

A alegre e saudável menina Aliôna chorava, desesperava-se com a chegada das convidadas traiçoeiras. A árvore de Natal estava espessamente coberta de brinquedos de beleza inefável, a mesa fora posta para oito pessoas, embaixo de cada prato havia um guardanapo de papel do Mickey Mouse, bicho então desconhecido nessas latitudes, e em cima dos pratos havia presentes embrulhados em papéis de grande beleza.

Mas o relógio já começava a marcar as cinco, as convidadas tinham sido chamadas para as quatro, e ficava cada vez mais claro para Aliôna que não haveria festa; por isso, o estrondo da porta do elevador, o alarido no patamar da escada e o trino inextinguível da campainha pareceram-lhe a voz da felicidade. Levantou da cama com um pulo, apertou as meias três quartos brancas com borlas, alinhou o vestido de veludo cor de vinho, que a mãe comprara com muitos anos

Catapora

de antecedência, mas que agora já estava apertado, e correu para abrir.

Tirando Kolivânova, todas as meninas já tinham estado naquele castelo encantado de dois aposentos separados, no qual um deles encontrava-se misteriosa e invariavelmente trancado, o que conferia àquela residência encanto ainda maior. Podia-se apenas imaginar o que ficava guardado no aposento trancado, quando a residência já estava repleta de preciosidades do além: conchas do mar, brinquedos de pluma e vidro colorido — escolhas pouco sofisticadas de um empregado da ferrovia que fora levado pelos ventos sociais ao serviço diplomático.

As meninas, olhando ao redor, iam e vinham ao lado da mesa. As irmãs Oganessian ainda se ocupavam na antessala, perto do baú, pois, dos quatro sapatos que a avó enfiara na sacola de compras, por algum motivo restavam apenas três. Gáika sacudia a sacola vazia de forma encarniçada, na esperança de sacar o objeto que faltava, enquanto Vika apressadamente abotoava as fivelas, para que, dessa forma, o direito ao sapato perdido pertencesse integralmente à irmã.

E assim entraram no aposento, com três sapatos para quatro pés, e as outras meninas rebentaram de rir.

— Lá, embrulhados, tem presente para todas. Onde sentar, pegue — informou Aliôna.

Em tamanho, os pacotinhos não eram maiores que caixas de fósforos, todos quase iguais, mas os invólucros eram multicoloridos, vermelhos, dourados, e os presentes estavam atados com cordões coloridos, também extraordinários — variegados, rígidos e sedosos. O que tinha dentro também não era pouca coisa: broches de plástico, todos diferentes, só Gáika e Vika receberam iguais — um gnomo de gorro vermelho com uma cesta nas costas. Tinha também a Chapeuzinho Vermelho, uma princesa, uma cesta com flores e um cisne com uma coroa. Kolivânova recebeu o melhor, um anjo branco de asas douradas. E dois presentes ficaram sem abrir, o de Pirojkóva e o de Plíchkina. Todas queriam abri--los, mas Aliôna não deixou.

As meninas se furaram com os alfinetes compridos que estavam presos àquelas maravilhas e finalmente sentaram-se à mesa. A comida era quase absolutamente comum: sanduíches, doces, uma tigela com biscoitos caseiros. Mas havia garfinhos, garfinhos plásticos de dois dentes cravados nas costas dos sanduíches amarelos, de queijo, e rosados, de linguiça, e aquilo era de um chique inédito. E todo o peitoril da janela estava repleto de refrescos de pera.

— Aliôn, a gente pode levar os garfinhos? — pediu Vika.

Todas queriam perguntar aquilo, mas as outras não se decidiam.

— Não sei — confundiu-se Aliôna —, tenho que perguntar para a mamãe.

— Eu só queria um, o vermelhinho — pediu Vika.

— Você é uma sem-vergonha, simplesmente um horror — Gáika cochichou no ouvido da irmã.

— Cala a boca, Cinderela — bufou Vika, e todas voltaram a rir. Gáika enrubesceu. Vika era uma peste, vovó a chamava assim.

Só Tchélicheva estava com fome. Em seu prato jaziam muitos garfinhos, mas ela não parava de pegar mais. Kolivânova não estava com fome, mas também queria os garfinhos multicoloridos em seu prato. Só que ficava constrangida e não pegava. Também estava constrangida por sua estatura elevada, pelas grandes botas da mãe, pelas meias com remendos e, principalmente, pela saia vermelha da irmã, que passara tanto tempo pedindo emprestada. De modo que, em seu prato, havia apenas o pacote do presente. O anjinho ela prendeu no blusão, e mesmo assim ficava segurando, para não perder.

Catapora

— Agora ela vai engolir o garfinho! — gritou Vika, apontando para Tchélicheva, que mordia a ponta de um sanduíche. A cabeça de Maria baixara tanto que as tranças castanho-claras com fitas soltas encostavam no prato.

Vitka pegou os garfinhos de seu prato e enfiou todos os cabos inteiros na boca, deixando só uns dentinhos multicoloridos para fora.

— Que comportamento é esse, sua sem-vergonha — Gáika sussurrou bem alto.

— O que você tem a ver com isso, estou fazendo pela pátria! — respondeu Vika, ceceando, e todas voltaram a rebentar de rir.

Apenas Lília Jijmórskaia não ria. Trazia uma surpresa no espaço entre o vestido do uniforme e o avental, e aguardava pacientemente o momento propício. Tinha a impressão de que esse momento ainda não chegara, e apalpava o pacotinho com os dedos, mas nessa hora Vika levantou da mesa e retirou da alcova, da cama enorme, um grande ursinho macio, de ombros estreitos, traseiro gordo e corpo ondulado de pelúcia.

— É o Teddy — Aliôna chamou-o pelo nome.

— Igualzinho o tio Fiédia — Vika retrucou prontamente.

E todas voltaram a rir. De fato, com a figura em forma de pera e a fuça saliente, enigmaticamente voltada para a frente, parecia mesmo o tio Fiédia, o zelador da escola.

Vika assentou o urso em seus joelhos e pôs-se a alimentá-lo com o garfinho...

Todas tinham dez anos, apenas Kolivânova já completara onze e, por obrigação da idade madura, tinham sido forçadas a se separar de suas bonecas. As novas condições livrescas e escolares haviam convertido a brincadeira de bonecas em algo infantil e vergonhoso, que devia ser escondido. Talvez à noite, debaixo do cobertor. Mesmo a séria Jijmórskaia tinha uma boneca debaixo do travesseiro, que oculta-va de manhã na prateleira de livros, atrás das apostilas. Apenas Vika, alma arrebatada, apaixonada por cada um de seus desejos imediatos, não se deixava constranger por nada. Assentou o urso nos joelhos, apertou-o contra o flanco e, com voz doce, pôs-se a persuadi-lo:

— Mais uma colherzinha, ursinho! Pela mamãe! Pelo papai! — E, sem persistir naquele papel já conhecido, desencaminhou para a diversão todo o ritual sério da alimentação, acrescentando: — Por todos os ursinhos do jardim zoológico!

Os olhos dela e do ursinho eram absolutamente idênticos: castanhos, de um brilho de botão e contornos meigos e rosados.

A anfitriã, sem resistir à tentação, já tirava de uma gaveta do sofá-cama toda uma trupe de figurantes de diversos calibres. Já fazia alguns meses que Aliôna não as espiava, e agora experimentava a doçura instantânea do encontro com Alice, Kitty, Betsy, June — beldades americanas que já se moviam imperceptivelmente naquele caminho perigoso em que, dentro de algumas décadas, aguardava-as uma morte total e definitiva diante do exército de milhões de Barbies, tão parecidas umas com as outras como notas de cem rublos.

Gáika aferrou-se a Betsy, de cachos longos. Vika, largando sem piedade o urso, pegou June, de pele negra, cuja boquinha flamejante abria-se de forma atraente — do ponto de vista da alimentação —, e de cujas profundezas vermelhas cintilavam verdadeiros dentes de porcelana.

A generosa Aliôna depositou nos joelhos de Kolivânova o pequenino bebê Kitty, com uma chupeta minúscula, que estava frouxa, mas era absolutamente autêntica, e espanto-sos olhos artificiais de um azul celeste variegado.

Mas Jijmórskaia e Tchélicheva puxavam, cada uma para seu lado, com delicadeza e insistência, a Alice de pernas

Catapora

compridas, que sacudia como uma perfeita humana o rabo de cavalo de linho, amarrado no cocoruto...

Aliôna tirou delas a Alice, sua eterna filha mais velha, e tirou da escuridão retangular do sofá mais duas bonecas: uma senhorita de cabelos cacheados vestindo uma pelerine e um menino vestido de marinheiro com botinhas de couro absolutamente verdadeiras, com botões. Eram duas bonecas antigas.

Todas suspiraram ao mesmo tempo. Aquele casal era de um encanto tão celestial que dava medo até de tocar, quanto mais de estabelecer as relações íntimas de parentesco indispensáveis para as brincadeiras. E isso Aliôna confirmou sem tardar:

— Esses mamãe nunca me deu. Diz que são *requílias* de família, e não brinquedo.

Aliôna às vezes se enrolava com palavras difíceis.

As meninas se inclinaram sobre o casalzinho deitado na beira da cama, tocando com precaução os cabelos de seda da senhorita e as pequenas botinas de couro do menino. Os olhos dos bonecos se fechavam quando deitados, mas não completamente. Os cílios compridos lançavam uma sombra dentada nas bochechas, de um vermelho frutado. Aliôna conduzia as colegas de classe por uma visita guiada:

— Os cílios mamãe cortou quando era pequena. Ficava irritada porque eram grandes demais. Em Samara, onde morava a vovó, tinham uma casa de madeira, e a casa pegou fogo ainda antes da revolução, queimou todinha, todinha, e no dia seguinte veio uma costureira conhecida e trouxe esses bonecos, ela estava fazendo um casaquinho para o Sortudo e um vestido novo para a Princesa. A vovó tinha encomendado uma roupa nova para eles porque mamãe ia nascer. Foi tudo que sobrou do incêndio.

Com essas palavras as meninas se aquietaram de vez e

perderam a vontade até de tocar nos bonecos. Em meio ao silêncio contemplativo, soou de repente a campainha da porta.

— É a sua mãe — sussurrou Kolivânova, em pânico silencioso.

Aliôna deu de ombros:

— Não, não é a mamãe. Hoje eles chegam tarde, tem serão no ministério.

De fato, chegaram Pirojkóva e Plíchkina. A gorda Plíchkina acabara convencendo Pirojkóva, e agora irradiava um sorriso angelical e debiloide, e suas bochechas rechonchudas afundavam em covinhas e dobrinhas profundas.

A orgulhosa Pirojkóva, rebento mais jovem de uma célebre família circense, e que já se lançara na senda familiar dos acrobatas, pegou o Sortudo com desdém e disse, com voz indiferente.

— Eu tenho um igual.

"Mentira", pensaram todas.

— Mentira! — disse Vika.

Pouco antes, estiveram prestes a partir para uma vida imaginária harmoniosa, onde as regras da brincadeira transformavam a realidade insatisfatória em algo justo e deleitosamente maleável, e o mundo inteiro andava em círculos na direção a que fosse enviado: seja para a caça, seja para o bazar, e as crianças obedientes, recebendo docilmente o castigo devido e condicional, resignavam-se pacificamente à vontade divina da mãe.

Mas agora, por algum motivo, tinham perdido a vontade de brincar.

Foi nesse instante que Jijka sacou sua surpresa e anunciou, triunfante:

— Vejam o que eu tenho!

No começo, não parecia nada de mais. Era apenas uma coleção de cartões-postais bem velhos. Lília os dispôs sobre

Catapora

a coberta e as meninas se ajoelharam diante da cama para examiná-los.

Lá havia uma beleza sombria. De trajes lilases e amarelos, assomavam beldades compridas, de olhos quase unidos sob uma sobrancelha única, arqueada sobre o intercílio. Os gestos congelados de seus braços revirados e suas pernas subordinadas eram artificiais, ginásticos.

A que estava sentada com o *saz*[36] tinha braceletes de ouro nos tornozelos, calçados que pareciam luvas de ouro, e os mamilos, nos seios insuportavelmente nus, também eram de ouro.

Uma dançava, outra contemplava seu reflexo em um espelho redondo de bronze; duas se abraçavam, entrelaçando as pernas com calças bufantes. Aliás, era bem possível que uma delas fosse um homem, mas isso, no fundo, não tinha importância.

Uma delas, de amarelo vivo, com uma enorme pedra verde na testa, tinha nas mãos — oh, Senhor! — um livro, enquanto uma segunda esmeralda assomava-lhe do umbigo. E outra abraçava languidamente uma pequena gazela com cara de menina. Havia extravagantes gaiolas de ouro com pássaros imaginários, aparentados com as orquídeas, romãs desmesuradas em árvores nanicas, fontes preciosas de água azul congelada em posição vertical, e jarros, e leques, e cofres. E um velho rechonchudo, de barba grisalha, vestindo um roupão azul estrelado e um adorno na cabeça que fazia lembrar um abajur volumoso. No meio da pequena palma de sua mão, esticada de um jeito inverossímil, havia uma serpente alentada, enrodilhada sobre a ponta de sua cauda gorda e dobrada como um *pretzel*.

Naqueles quadros ingênuos, todos se amavam e se aca-

---

[36] Instrumento oriental de cordas. (N. do T.)

riciavam, qualquer contato dava prazer: o contato da seda com a pele, dos dedos com o jarro, do leque com o ar, e essa amorosa atração da matéria, poderosa e invisível como o calor de uma estufa, irradiava em seu entorno, traspassando as meninas com força e novidade, e exigindo-lhes algo, mas exatamente o quê, não se sabe.

— Um momento! Um momento! Eu sei! Eu tenho! — adivinhou Aliôna e saiu em disparada pelo corredor, escorregando nas solas achatadas de couro, em direção ao baú recoberto de sedas e peles de cheiro forte

Jogou aquele monte todo no chão e, com os dedos pequenos de unhas cortadas rentes, pôs-se a descascar a tranca chata e bem fechada do baú. Esta cedeu, devagar, sob grandes protestos. A segunda já não resistiu.

Com a pilha de roupa amarrotada chegando-lhe nos joelhos, Aliôna levantou a tampa com dificuldade e um cheiro doce de naftalina soprou sobre todas. Uns jornais estrangeiros, completamente aniquilados, encontravam-se por cima. Aliôna arrancou-os e mergulhou no baú, fazendo reluzir calcinhas de um branco intenso.

Extraía as coisas e as espalhava, uma atrás da outra: um vestido negro de veludo com algo como escamas de peixes costuradas no corpete, outro vestido de gala, com um buquê de ervas no decote em forma de coração, e todo um monte de artigos de seda que nunca se renderam: um quimono da cor pálida do tabaco, de forro escarlate, decorado de crisântemos rubros, outro quimono e toda uma ninhada de pijamas de seda, de matizes impossíveis naquelas latitudes.

Com um cuidado reverente, como se fossem bebês adormecidos, as meninas passavam de mão em mão aqueles revestimentos preciosos — a toalete fora de moda da esposa de um diplomata que agora só se sentia confortável em trajes azul-marinho de tecido *boston*, com seus ternos transpassados, de devoção respeitosa ao corpo e ao ofício.

E o próprio diplomata, ardentemente apaixonado pela esposa e tomado de infinita gratidão pela felicidade indescritível que encontrava toda noite no mesmo lugar, e que jamais o fartava, naqueles anos americanos ele a recobrira prodigamente de roupas americanas não muito caras. A esposa não precisava daqueles estímulos de confecção, mas aceitava-os de bom grado e, como resultado, a maior parte do salário do militar diplomata era convertida em seda, veludo e viscose. De náilon, à época, estavam apenas começando a reunir as moléculas.

E era essa gratidão e admiração, materializadas muitos anos atrás, que as meninas de dez anos estavam desdobrando agora, no feliz leito conjugal, entre lindas reproduções, impressas na Alemanha, da pintura iraniana tardia. Uma coisa não guardava a menor semelhança com a outra no aspecto, na cor ou no cheiro, mas isso não tinha a menor importância, pois todo o encanto dessa brincadeira decorre de que ela pode ser criada de qualquer material disponível, desde que seja acionada a corrente de alta tensão entre o rosa e o azul, o suave e o duro, o úmido e o seco...

Ira Pirojkóva, olhando de soslaio para um cartão-postal, já torcia a coluna vertebral maleável e as articulações que não conheciam limites para assumir aquela pose ideal retratada por um pintor que jamais estudara anatomia, e que o seu corpo humano vivo, ainda que bem treinado, recusava-se a aceitar.

— Vou pôr aquela, a vermelha — disse Vika, determinada, e começou a enfiar, por cima do vestido xadrez de flanela, uma túnica carmesim de flores carnívoras douradas —, e vou ser aquela! — e apontou com o dedo a figura escolhida.

— Então tire o vestido — aconselhou a irmã, e Vika tirou o xadrez marrom cinzento.

As roupas de baixo das meninas daquela época tinham sido inventadas por um inimigo do povo e da humanidade, com a finalidade de sua completa extinção. Enfiavam sob as camisas curtas um sutiã desvalido com grandes botões, neste caso, amarelos. Ao sutiã prendiam dois elásticos refratários, que se ligavam às meias curtas, cravadas nas pernas grossas de Vika na altura dos joelhos. Vestiam por cima disso tudo umas calças largas, denominadas "*tricot*", e todo esse arreio tinha o hábito de prender, de deixar manchas vermelhas nos lugares sensíveis e de rasgar com movimentos bruscos. A *lingerie* das adultas da época era pouco diferente — o que devia, provavelmente, zelar pela castidade da nação.

— Vamos todas nos disfarçar, rápido! — ordenou Aliôna e, revirando as mãos nas costas, desabotoou os botões minúsculos e difíceis, que estavam em casas ainda menores.

Pirojkóva desvencilhou-se prontamente das roupas tristes. Descobrindo as costas musculosas de profissional, enfiou as pernas nas mangas largas de um pijama negro listrado e, com empáfia circense, enrolou com firmeza o tecido extra em volta das coxas de menino. Representado por duas espinhas pálidas, seus futuros seios requeriam uma cobertura digna, e os olhos, sob a longa franja, correram em busca do objeto adequado.

Tchélicheva, desabotoando o vestido marrom do uniforme escolar, remexia seu nariz de raposa, de ponta aguda e móvel, calculando o que escolheria, e seu faro desperto deteve-se infalivelmente no traje de cor pálida de tabaco.

Kolivânova, baixando os braços pesados, estava petrificada no meio do quarto, meditando sobre a proposta sedutora e apavorante.

Lília Jijmórskaia puxava melancolicamente a meia elástica justa, sempre olhando para o cartão-postal com o velho e a serpente. Uma débil ânsia de dirigir agitou-se nela:

— E a Plíchkina vai ser o encantador!

Aliôna se indignou:

— Como a Plíchkina? O que a Plíchkina tem a ver? O encantador vai ser a Kolivânova, ela é a mais comprida!

Aquilo soou convincente, mas Kolivânova, agarrando-se a uma longa saia vermelha, ardia de confusão e não conseguia se decidir.

Deixaram de lado as bonecas. A brincadeira anterior mal tinha germinado e já murchara. Os cartões-postais dispostos na beira da cama convidavam a uma nova. O ato de se disfarçar era o prólogo, já concluído, mas as regras da brincadeira ainda eram desconhecidas, e instaurou-se o embaraço.

Jija, que ainda estava só com uma meia, parecia feia debaixo do doce rosado da seda e dirigiu-se ao armário de livros, lançando às lombadas um olhar que antecipava a miopia.

Arrancaram a saia de Kolivânova e a enfiaram num roupão azul e verde, com um grande dragão ardente nas costas. Dois outros dragõezinhos, menores, estavam costurados na frente, e os três substituíam com perfeição a serpente ausente. Na cabeça de Kolivânova colocaram um gorro de peles com orelheiras, do pai de Aliôna, enrolando-o com um pijama laranja e um enfeite de Natal. Calças de pijama cor de framboesa, convertidas em saruel, assomavam por debaixo do roupão. Kolivânova permaneceu imóvel e majestosa enquanto Aliôna lhe desenhava bigode e barba, molhando o pincel fino no compartimento quadrado de porcelana com tinta oleosa e macia, que pegara na penteadeira da mãe. O bigode deu certo, a barba não. Foi necessário colar no queixo um pedaço de algodão do Ano Novo.

Uma caixa transparente com enfeites baratos — as meninas chamaram-nos de brilhantes — foi virada sobre a mesa, e tudo teve serventia. Aliôna, ostentando um grande vidro vermelho que deslizava da testa até o nariz pequeno e sardento, distribuía generosamente colares e brincos.

Tudo começou a girar, de forma colorida e precipitada, e o próprio tempo, desnorteado, retrocedeu. As três horas subsequentes estenderam-se como uma ilha eternamente verde e abrasadora no oceano das horas e minutos da vida cotidiana.

Estreitando contra o ventre um livro grosso e grande de capa de cartão macio, Lília escapou do quarto e se acomodou na cozinha, sentada em um tamborete, com a perna nua confortavelmente apoiada sob o traseiro.

O livro se abriu em uma página ao acaso, e Lília leu: "Sobre a planície grisalha do mar, o vento reúne as nuvens. Entre as nuvens e o mar, paira orgulhoso o Albatroz, semelhante a um raio negro".[37] Ela gostou.

Do quarto, derramava-se a música um tanto rangente de um gramofone, mas Lília já não ouvia mais nada.

Kolivânova foi colocada na cama, com os joelhos pontudos abertos. Ficou sentada, completamente atoleimada. O algodão deslizava para a boca, a instalação da cabeça caía ora para um lado, ora para outro, e lhe dava calor. Pirojkóva, acima dela, de ventre descoberto, fazia pequenos movimentos que ainda não eram a dança, mas se preparavam para ser.

As irmãs Oganessian soltaram os rabos de cavalo, enegreceram definitivamente as poderosas sobrancelhas armênias, que não precisavam daquilo, e pintaram a boca de vermelho sangue, o que imediatamente robusteceu a penugem infantil sobre o lábio superior.

Vika se comparou com o cartão-postal, traçou, com gestos conclusivos, setas grossas e cor de vinho dos cantos dos olhos até as têmporas, e disse com firmeza:

[37] Abertura de "Canção do albatroz" (1901), poema em prosa de Maksim Górki. (N. do T.)

— Você, Ir, dance, você, Kolivânova, fique sentada, e nós seremos o noivo e a noiva.

— Você é burra ou o quê? — espantou-se Plíchkina, com bonomia. — A noiva tem que vestir branco.

Pirojkóva já estava dançando: batia as asinhas, erguia os pés de galinha acima da cabeça e não prestava nenhuma atenção à discussão interessante.

— Pode se vestir de branco se quiser, mas a gente vai ficar assim. O que é isso, não está entendendo nada, aqui é todo mundo turco! — explicou Tchélicheva, com ar superior.

À palavra "turco", Gáika e Vika se entreolharam: já tinham ouvido falar dos turcos, e não se tratava de fábula, nem de brincadeira, mas de uma coisa terrível, secreta e doméstica, da qual não falavam com estranhos.

Plíchkina acabou recebendo um lençol branco — no baú não encontraram nada de branco, a não ser dois saiotes de tênis de tamanho pequeno, que Plíchkina jamais consideraria usar.

As noivas, portanto, já eram três, e Aliôna já ajeitava a barra do vestido bordado, para vestir algo nupcial.

— Aliôna, o que é isso? — inquietou-se Tchélicheva. — Já contou quantas noivas tem? Quatro, não é? E os noivos? Eu e Irka, dois!

— Não quero ser noivo, eu sou dançarina! — soltou Pirojkóva, girando o queixo e revirando os pulsos.

O avô, seu educador e treinador, não apenas fizera com que lhe crescessem músculos robustos como cordas, mas entrelaçara-lhe também o caráter com fios tais que tudo ela fazia até o fim, por completo, até a aniquilação total. Acontecia de ele sair da sala de treinamento tendo que carregá-la nos braços. E agora ela estava girando naquela dança, sempre retorcendo o corpo para assumir a pose da garota do cartão-postal, da qual continuava se aproximando, mas não por inteiro. Tinha especial dificuldade em imitar os pulsos.

— Então vou me casar sozinha com todas? — indignou-se Tchélicheva.

— Vamos, vamos, é até bom — alegrou-se Aliôna, largando a barra pesada. — Kolivânova vai ser o xá, o pai, e eu, a mulher do xá, e elas, as filhas, três irmãs, todas noivas, e nós vamos dar todas ao mesmo noivo.

Aliôna assumiu um ar tão satisfeito como se tivesse sido a primeira na prova de matemática.

— Não, façam como quiserem, mas eu não quero, quero um marido só para mim — Vika demoliu o projeto harmonioso de Aliôna.

— Mas dá na mesma, Vik, é uma brincadeira — apaziguou Plíchkina, como de hábito, com um sorriso estúpido e gentil.

— Se dá na mesma para você, então seja o noivo, e não a noiva! — reagiu Vika, exaltada.

— Está bem — concordou Plíchkina, com facilidade, e se pôs a arrancar o lençol enrolado em torno do tronco cilíndrico, com grandes pregas assexuadas fazendo as vezes de peito. — Também posso ser noivo, como não.

— Ótimo! — alegrou-se Vika. — Meu noivo vai ser a Tchélicheva, e o da Gáika vai ser a Plíchkina!

Tudo estava praticamente arranjado, mas Gáika, que ficou o tempo inteiro mirando de soslaio seu reflexo de perfil no espelho, irritou-se de repente:

— Nada disso! A Machka vai ser meu noivo, você que fique com a Plíchkina!

— Como assim? — admirou-se Vika.

— Assim... — Gáika fitou a irmã com o olhar úmido. — Não quero a Plíchkina.

— Mas por quê? — perguntou Vika em tom ameaçador.

— Não quero — Gáika declarou em tom dócil, porém peremptório —, fique você com a Plíchkina.

Plíchkina ficou branca como o lençol. Aliôna, concentrada, ocupava-se do diadema que caía no nariz. Um pressentimento terrível tocou Vika. Sua garganta apertou com tamanha força que ela teve de engolir em seco algumas vezes para que passasse a sensação de fechamento e aperto. A sombra do futuro baixara sobre a existência de hoje, e essa sombra era medonha: Gáika tinha direitos suplementares, graças aos quais receberia da vida, sem esforço, o que Vika teria de extrair com luta...

— Não — disse Vika com firmeza. — Não preciso da Plíchkina.

— Quer dizer que vai ser como eu disse — alegrou-se Aliôna —, vamos fazer as três filhas casarem com um noivo só. Em compensação, é filho de rei, ele se chama... Mukhtar!

— Só que não pode ser Mukhtar — riu-se Tchélicheva. —, na *datcha*, nosso cão pastor chama Mukhtar!

— Tigran! — proferiram as irmãs em coro, em tom sonhador. Tinham um primo de segundo grau em Tbilisi, de sobrancelhas espessas, olhos cinzentos, cuja cor lilás transparecia por detrás da penugem dos treze anos.

— Isso, isso, vai ser Tigran — concordou Tchélicheva.

— E eu, o que faço? — perguntou, tímida, Kolivânova, que já havia tempos estava com vontade de ir ao banheiro.

— Você fique sentada. Agora vou sentar do seu lado — disse Aliôna, e Kolivânova, remexendo-se, voltou a ficar imóvel, com os joelhos separados.

Depois, voltaram todas a se sentar à mesa, verteram o que sobrava do refresco de pera nos copos altos e, sem encontrar nada parecido entre os tesouros esparramados na mesa, começaram a fazer alianças de papel alumínio e fios coloridos. O noivo bem-apessoado, com uma faca de cozinha na cintura, segurou as três na mão, para repartir entre as irmãs, e as noivas postaram-se junto à mesa, uma atrás da outra.

— Beija! — Aliôna gritou com tudo.

Todas acompanharam. Tigran trocou alianças com Vika, beijou-a e tomou com audácia o refresco. Depois seguiram-se Gáika e Plíchkina. Três alianças robustas de papel alumínio enfeitavam a mão viril do noivo. Beberam o refresco até a última gota. No geral, o casamento não foi muito convincente. Claramente faltava algo. Aliás, na vida dos adultos daquela época também se notava uma insuficiência, normalmente preenchida pelas bebedeiras hediondas nos casamentos, que brotavam como urtiga em terreno baldio.

Mas Gáika, que não reparara nessa lacuna, já estava na cama trocando as fraldas da boneca Kitty, que, pelo tamanho, aproximava-se de um bebê de verdade.

— Agora faz de conta que eu tenho uma filhinha! — afirmou Gáika.

— Como assim, filhinha?! Que rápida! — observou, cético, o xá Kolivânova. — E aquilo lá? — E enfiou o indicador da mão direita em um buraco formado pelos dedos polegar e indicador da mão esquerda.

Todas se calaram.

— O quê? — perguntou Gáika.

— Aquilo que se faz para ter bebê — detalhou Kolivânova, trabalhando com o indicador da mão direita na direção designada.

A indomável Pirojkóva continuava a dançar com as mãos, como um autômato, mas já tinha descido da cama. Jazia no chão com os pés atrás da nuca e girava os pulsos na esperança de virá-los assim mesmo.

— Tan — disse Gáika, implorando, suplicando, esperando de todo o coração conseguir convencer Kolivânova —, veja, um homem e uma mulher casam, e disso saem os bebês...

— Como assim, você não sabe? — Kolivânova girou um dedo junto à têmpora. — É uma criancinha mesmo, né?

Plíchkina caiu no riso, Aliôna e Tchélicheva se entreolharam.

— Uma vez, vem o freguês — começou Kolivânova, em tom épico —, dois vezes dois, a mulher depois, três vezes três, ele é cortês, quatro vezes quatro, começam o ato...

— Ah, eu sei, eu sei — interrompeu Gáika.

— Não, você não sabe de nada — respondeu Kolivânova, severa. Não sabia muito, mas o que sabia, sabia bem... Portanto, prosseguiu: — Cinco vezes cinco, ele tira o cinto, seis vezes seis, pega ela de vez...

— Não precisa — pediu Gáika, mas Kolivânova prosseguiu, cruel:

— Sete vezes sete, a mulher derrete, oito vezes oito, ele fica afoito, nove vezes nove, a barriga sobe, dez vezes dez, é gravidez! Entendeu, agora?

— Isso é quando... Isso chama... — murmurou Gáika, pasmada com o enigma.

Aliôna era uma pessoa do mundo e, ao sentir o mal-estar, logo encontrou a saída:

— Pergunte a Lilka como isso chama. Ela sabe tudo.

Gáika, apertando a boneca contra o peito, foi para a cozinha. Lília estava sentada no tamborete e tinha trocado de perna, de modo que agora era a nua que balançava, e suas pupilas corriam bem rápido pelas linhas.

— Lil — Gáika tocou-a no ombro —, diga, mas de verdade, como chama o que faz as crianças nascerem?

Lília alçou o olhar distraído, refletiu um pouco e disse, muito séria, com a voz um pouco enrouquecida:

— *Cúpula* — e voltou a se aferrar ao livro. A avó tinha lhe contado tudo com franqueza, cientificamente, ainda no ano passado.

E Gáika ficou com o coração um pouco aliviado. Afinal de contas, cúpula era cúpula, e não aquela palavra horrível, insultuosa, indecente. Contudo, no caminho para o quarto, foi surpreendida pela ideia desagradável de que, talvez, seus próprios pais, desejando trazê-la ao mundo, também tivessem feito aquela cúpula... Mas podia ser que houvesse um jeito mais decente, que Lilka não conhecia...

Entrou quando Tchélicheva, Plíchkina e Vika debatiam-se a três na cama, imitando o ato grandioso, e Kolivânova, trocando o peso de pé para pé e sorrindo com superioridade, abanava os braços e repetia:

— Mas não é assim, não é assim, e não é nada parecido! Tem que levantar as pernas!

Kolivânova era má aluna. No refeitório da escola, sentava-se em uma mesa à parte, onde davam refeições gratuitas aos "bocas livres", e seu uniforme tinha sido comprado pelo comitê de pais. E sempre lhe faltava algo: ora os calçados esportivos, ora o saco para as galochas, ora o uniforme de educação física. Era a última, absolutamente a última da classe. E de repente, verificou-se que ela sabia de coisas secretas, coisas de adulto, e sabia com tamanha facilidade, e falava delas com voz intrépida e cotidiana. De brutamontes repetente e sonolenta transformara-se, a olhos vistos, em uma pessoa muito importante. Todas a encaravam com interesse e expectativa. Mas Kolivânova tinha tanta vontade de ir ao banheiro que sequer conseguia apreciar sua ascensão inesperada.

— Então como, Tan? — perguntou Vika, que estava de quatro na cama.

— Aqui não é nada adequado — Kolivânova, batendo com a mão na cama, disse em tom crítico. — É largo demais. O lugar tem que ser estreito e apertado. E escuro.

— Então embaixo da mesa! — alegrou-se Plíchkina. Kolivânova ergueu a ponta da toalha, em dúvida, e deu uma olhada embaixo da mesa.

— Precisa de dois travesseiros — franziu o cenho. — Ah, e precisa esticar um lençol ali. E de alguma coisa para cobrir.

Organizaram o leito nupcial.

Catapora

— Espera, eu primeiro! — gritou Plíchkina, pulando de impaciência.

O noivo já estava deitado na casa escura, baixa, que tinha paredes de faixas de luz, que ondulavam através da toalha, pernas que se moviam e os pés imóveis da mesa e das cadeiras pretas. E aquela escuridão embaixo da mesa o obrigava a fazer algo terrível e misterioso.

E Plíchkina, afastando o ombro vigoroso de Aliôna junto com uma cadeira, deslizou ruidosamente para debaixo da mesa. Uma vez lá embaixo, soltou um risinho suave:

— Ei, noivo, cadê você?

Estragou tudo com aquele risinho estúpido, e o noivo teve que mudar de atitude:

— Para cá, se arraste para cá.

A noiva rastejou e se arrastou para os abraços. Amava todos os abraços, contatos e movimentos secretos do corpo. Sua experiência era pouca, mas agradável. Abraçava o noivo, e logo ficou apertado e abafado ali embaixo.

— Vamos nos beijar de verdade, como no cinema — propôs —, como os titios e as titias — e colocou sua boca aberta bem no nariz do noivo.

Ele tentou se libertar, mas aquele cerco de pés e pernas não deixava, e ele foi obrigado a pôr seus lábios ressecados pelo inverno na boca ardente e úmida de Plíchkina. Lá em cima estava tudo muito silencioso.

— Agora vou mostrar como se faz uma coisa muito agradável. Isso queima, queima — prometeu Plíchkina.

De cabeça inclinada, sentou-se, levantou o lençol e, colocando uma perna gorda em cima da outra, pôs o indicador bem no meio do pequeno triângulo.

— Dê a mão que eu mostro! — Plíchkina cochichou-lhe no ouvido.

— Você é burra — bufou Tchélicheva. Ela conhecia aquele número. Só não sabia que as outras também conheciam.

Plíchkina balançou um pouco, ofegou e disse, ofendida:

— Palavra de honra, não estou mentindo: é tão bom...

Mas o noivo se afastou e saiu de debaixo da mesa. Plíchkina, rosada e úmida como um leitão lavado, assomou à superfície.

— Gáika, agora vem você! — convidou o noivo, e Gáika, agarrando os espaldares de duas cadeiras com as mãos largas, deslizou de má vontade para baixo da mesa. O noivo se enfiou pelo outro lado.

— Sou eu, Tigran — Gáika ouviu um sussurro rouco. E fechou os olhos. No ano anterior, no jardim da avó em um subúrbio de Tbilisi, estava brincando com Vika, quando Tigran, que viera visitar uma tia em comum, ficara olhando para elas da varanda alta. Vika falou baixinho à irmã, sem virar a cabeça: "Veja, está olhando para nós". Gáika sabia que ele olhava exatamente para ela, e se afastou. Vika começou a rir sem mais nem menos e, ajustando o saiote, fez a "andorinha", erguendo alto a perna robusta, e abrindo os braços.

Gáika deitou-se com as pálpebras fortemente cerradas. Ele se inclinou sobre ela, pegando com uma mão o travesseiro atrás de sua cabeça e agarrando-lhe dolorosamente uma mecha de cabelo. Com a outra mão, afastou seus joelhos.

Sua respiração parou. Um medo tão profundo e absoluto ela experimentara apenas em sonho, no final da primeira infância, quando, acordando no meio da noite com um grito prolongado e epilético, sossegou nos braços do pai, que a embalou por horas.

Tigran deitou-se em cima dela.

— Não tenha medo, vai ser gostoso e quentinho — ele sussurrou.

— Mas é para valer? — aterrorizou-se Gáika. — Não quero, Tigran.

— Que burra! Claro que é de brincadeira! — riu Tchélicheva, e só então Gáika entendeu que nunca existira Tigran nenhum. E riu também.

A franja da toalha se levantou, e enfiou-se lá embaixo a careta de Vika.

— Ora, vamos logo, é minha vez! — apressou-as.

Enquanto o noivo dominava a última noiva, Aliôna ocupava-se prendendo à barriga de Gáika, sob o pijama cor de limão, uma boneca grande.

— Assim? — certificou-se com Kolivânova.

Kolivânova assentiu.

"Pronto, agora eu vou me molhar toda", Kolivânova pensou, desesperada, e, fechando as pernas com força, foi até a porta.

— Aonde está indo? — espantou-se Aliôna.

— Para casa — respondeu Kolivânova, laconicamente, sentindo tudo rasgar por dentro e, ao mesmo tempo, ressaltando para si mesma que agora pelo menos não sujaria o tapete.

— Mas a gente ainda não terminou de brincar — disse Aliôna, desconcertada.

— Mamãe vai me dar uma bronca — respondeu Kolivânova, sombria, quase sem descerrar os lábios. Tinha a impressão de que, se descerrasse os lábios, transbordaria. Nem lhe passou pela cabeça perguntar onde era o banheiro.

— Mas agora que vai começar a parte mais interessante você... — queixou-se Aliôna, desiludida e desgostosa com a perda de tão valiosa *expert*.

Mas Kolivânova já esticava seu casaco, que por acaso encontrava-se por cima da pilha. O gorro estava na manga, e ela não procurou as luvas nem o cachecol. Virando a maçaneta leve e brilhante da fechadura, foi parar no patamar. Embaixo, o elevador rosnava. Em cima, meio piso acima, havia uma escuridão reclusa diante da porta baixa que dava para o sótão. Ela subiu até lá e, sentindo que já era tarde, tirou as calças e os culotes cor de framboesa berrante, sentou-se e, no mesmo instante, o refresco jorrou de dentro dela, desprovido de químicos, mas com a cor amarelo-palha inalterada.

"Vão me pegar", ocorreu-lhe, e quis deter a torrente, mas isso se revelou impossível. O elevador estalou, voltou a zunir. O regato saído de seu casaco levantado escorria escada abaixo, tencionando desaguar traiçoeiramente no patamar inferior, mas desacelerou e começou a se alargar em uma poça em forma de pera. Ela enfiou as calças prontamente, enxugou com a mão o rosto molhado de lágrimas, que não percebera, e batendo as botinas com estrondo arrancou escada abaixo, lépida e livre, com a sensação estranha de se precipitar para cima, e não para baixo. Sentindo os vestígios do nervosismo, da vergonha por quase ter falhado e uma maravilhosa alegria física, correu saltitante para casa, onde não havia mãe nenhuma aguardando, pois, naquele dia, estava no turno da noite.

E só em casa, sob os olhares aturdidos da irmã mais velha e dos dois irmãos mais novos, deu-se conta de que fugira com roupas alheias, e de que a saia vermelha da irmã e o blusão novo com o anjinho preso no peito tinham ficado na casa de Aliôna.

E, em casa, naquele aposento estreito com meia janela, com cheiro de querosene, de penico velho e torta fresca, que a mãe assara antes de sair para o trabalho, lá era tão bom e tão ruim que Kolivânova se jogou na cama da mãe, que segundo a memória de Tânia sobrevivera a quatro padrastos, e, com o dragão dourado cintilando nas costas azuis e verdes, chorou ruidosamente no travesseiro.

As esposas grávidas jaziam de través na cama e preparavam-se para parir.

— Vika e Plichka vão parir meninos, e Gáika, uma menina — o marido manifestou seu desejo, porém Aliôna mandou-o às favas com rudez inesperada:

— Melhor você ir comprar um carrinho de bebê, é isso!

— Como assim, eu sou um príncipe! Que carrinho? — indignou-se o príncipe Tigran, que fora deposto do cargo sem nem perceber.

— Faz tempo que a gente trocou de brincadeira e você continua de príncipe! — deu de ombros Pirojkóva que, no final das contas, fartara-se de dançar e transfigurara-se em médica.

Aliôna dispunha em um prato grande as faquinhas de fruta do aparador e umas pinças de finalidade indefinida.

— Esses são os instrumentos — explicou, pousando o prato na cama. — Tudo esterilizado.

Não fazia muito tempo que tinham lhe extraído o apêndice, e a lembrança estava fresca.

— Mas para que instrumentos? — espantou-se Plíchkina.

— Você não sabe? Lilka disse que quando não passa pela periquita tem que cortar a barriga — esclareceu Pirojkóva. — Fazem uma operação. É inclusive muito frequente. Mas por que está deitada assim? Tem que gemer. A dor é um horror. Mamãe me disse.

Plíchkina pôs-se a gemer de forma barulhenta e bem-sucedida. Vika secundava-a, fazendo o baixo. Gáika estava farta da brincadeira havia muito tempo. Segurando a boneca na barriga, lembrava-se de Tigran na varanda, olhando para ela. "Vou crescer e casar com ele", decidiu.

— Ora, vamos logo, já encheu! — choramingou Plíchkina.

— Está pronto, tudo pronto! — disse Pirojkóva, com voz de médica. — Tirem as calças.

As parturientes baixaram a seda dos pijamas. Já tinham esquecido por que tinham colocado aqueles disfarces e nem sequer notaram que estavam deitadas, com os traseiros nus, em cima dos cartões-postais de Lilka.

— Ui! Ui! — disse Plíchkina, com muita naturalidade. Era uma grande fingidora, costumava treinar com sua mãe amorosa.

Pirojkóva afastou as pregas roliças com uma faca de fruta cega. Cintilou o interior rosa-pálido e úmido de um molusco. Plíchkina pôs-se a rir — fazia cócegas!

Aliôna pôs-se a empurrar de mansinho a boneca, barriga abaixo.

— Mas não, não é assim! Não ficou nem parecido! — intrometeu-se o príncipe degradado, que fora enviado atrás de um carrinho de bebê. — É melhor pegar assim, e tirar de onde deve, como é de verdade! — Na qualidade de pai, desejava verossimilhança, e enfiou na mão de Aliôna um bebezinho nu de celuloide.

— Lilka diz que eles nascem com a cabecinha na frente — advertiu Pirojkóva.

— Vamos fazer de conta que eu não consigo parir e vocês me operam — propôs a arrogante Vika.

— Mas espera, primeiro eu! — zangou-se Plíchkina, que tinha a impressão de estar sendo excluída o tempo todo.

Pirojkóva, ao som dos risinhos finos de Plíchkina, já introduzira o bebezinho nu no lugar necessário, e sua cabecinha pequena, que parecia penteada por uma cabeleireira, sobressaía como uma bolha cor-de-rosa.

— E agora contraia! Tem que ter contração! — aconselhou Aliôna, e Plíchkina contraiu os flancos com as mãos.

— Ora, vamos, o que tem? — apressava o médico. — Pode parir de uma vez!

Pirojkóva tirou o bebezinho pela cabeça, mas Plíchkina de alguma forma reteve-o, com um esforço interior. Então Pirojkóva empurrou a cabeça, de modo que ela quase desapareceu de vista, e depois deu um puxão. Plíchkina piou:

— Ei, pare, isso dói!

A criança nasceu. Pirojkóva colocou-o no prato, ao lado dos instrumentos, e Aliôna ajudou-a a realizar a substituição planejada: colocou em suas mãos a boneca grande, a que realmente deveria ter nascido, mas que fora posta de lado.

Plíchkina botou fralda na boneca e exigiu, caprichosa:

— Papai! Agora venha me visitar! Você tem que visitar! Sempre vão visitar na maternidade!

Plíchkina também tinha alguma experiência de vida.

Aliôna já tinha feito a cesariana em Vika, passando a faca de fruta ao longo da barriga.

A vez de Gáika não chegou, pois a avó telefonou perguntando se não era hora de ir buscá-las. Quase ao mesmo tempo a campainha tocou: a empregada Mótia tinha vindo atrás de Tchélicheva, e Macha, cuja cabeça justamente começara a doer, deixou-se levar sem qualquer resistência, o que era absolutamente inesperado para Mótia, que se preparara para insistir longa e pacientemente para tirar a menininha mimada da casa.

De repente todas se sentiram cansadas. Plíchkina até ficou com fome, e comeu os últimos sanduíches. Os garfinhos ficaram na mesa, sem que ninguém se interessasse.

O telefone tocou novamente. Era Bela Zinóvievna, a avó de Lília. Lília tentava convencê-la, exaltada:

— Biélotchka! Mais meia horinha, por favor! Falta muito pouco!

— Falta muito pouco para quê? — espantou-se Bela Zinóvievna.

— Para acabar de ler. *A velha Izerguil*.[38] Falta muito pouco... é tão interessante... — implorou Lília, rosada e animada como todas as outras.

---

[38] Conto de Maksim Górki, publicado em 1895. (N. do T.)

As convidadas se foram quase todas ao mesmo tempo, e Aliôna ficou muito ofendida com isso.

Ao chegarem em casa, às onze e meia, os pais de Aliôna ficaram bastante aturdidos: a casa estava arrasada, literalmente virada do avesso. Apenas os móveis encontravam-se em seus lugares. Entreolharam-se em silêncio. Aliôna dormia na cama deles, na alcova, em meio a cartões-postais amassados e facas prateadas de fruta, usando um velho vestido de gala da mãe. O pai ergueu a filha adormecida e a mãe viu que seu rosto ardia. Pôs a mão na testa dela e balançou a cabeça.

— Uma aspirina? — o marido perguntou em voz baixa.

— Espere um minuto, vou pô-la na cama. Depois a gente vê. — Era uma mulher de sangue-frio, nada propensa ao pânico.

Plíchkina também adoeceu na mesma noite. Agitava-se fortemente, revirando a coberta. A mãe ficou à sua cabeceira até o amanhecer. Semidesperta, a menina pedia de beber, e a mãe levava-lhe solicitamente aos lábios uma caneca azul de porcelana com água quente fervida. Ela bebia e regressava ao mesmo sonho aterrorizante: inclinava-se sobre ela, ameaçador, um velho grande, de barba negra e pontuda, soprando-lhe ar quente, e se tratava do inspetor fiscal de que tinha tanto medo sua mãe, uma costureira doméstica careira que trabalhava sem licença havia muitos anos.

De manhã, Plíchkina acordou de vez, sorriu à mãe com todas as suas covinhas e vincos cativantes e tomou mais uma caneca de água. Seu rosto e seu corpo grande e flácido estavam recobertos de estrelinhas vermelhas e ásperas. Ela urinou em um grande penico. Por dentro, pinicava um pouco, mas ela não prestou atenção. A defloração fora tão meiga que ela jamais reconheceu o fato e, de toda essa história, Plíchkina conservou para a vida inteira um medo místico do inspetor fiscal que se inclinara sobre ela com uma ameaça indefinida.

As meninas Oganessian só ficaram doentes no dia seguinte, mas não tiveram febre alta, sua catapora era leve. A erupção não era grande, e a avó imediatamente cauterizou as pústulas com sumo de cebola, e não com verde malaquita, como se fazia na época. A avó mandou que ficassem de cama, deitadas, e mimou-as e divertiu-as de todo jeito. Contou dos *zóki*,[39] dos quais descendia, e cantou canções *zóki* maravilhosas e tristes, com uma voz imensa, que vibrava delicadamente nos agudos.

A mãe das meninas, como sempre, ficou sentada, indiferente, em sua poltrona.

Macha Tchélicheva e Ira Pirojkóva também adoeceram. Kolivânova estava imunizada desde a tenra infância.

Lília Jijmórskaia tampouco ficou doente. Mas, naquela noite, também teve um sonho desagradável: os pais tinham ido buscá-la; por algum motivo, não no apartamento da cidade, mas na *datcha*. Estava sentada em uma telega e, de um jeito estranho, de costas, via, atrás do vidro da varanda, os rostos muito brancos do avô e da avó, e reparava que a varanda parecia uma jaula de zoológico — além do vidro, havia uma grade verde, como nas jaulas de macacos. A telega começava a se mover sozinha, mas isso, por algum motivo, não lhe causava espanto. Lília estava sentada entre os pais. A mãe a segurava com seu braço forte, e seu braço estava coberto de pelos ásperos, que picavam, como a face de um homem que não tinha se barbeado. O pai estava de uniforme militar. Não era possível ver seu rosto.

A estrada começava a afundar, suas beiras ficavam cada vez mais altas, e Lília compreendeu, com horror, que aquela

---

[39] Grupo étnico armênio. (N. do T.)

estrada levava para baixo da terra, e que não se tratava de um sonho. A última coisa que conservou na memória foi a multidão sedosa de beldades orientais que a recebeu na entrada da escuridão úmida. Estenderam a Lília seus braços luminosos, translúcidos, convidando-a para seu círculo farfalhante, e Lília deduziu, com alívio, que estava salva...

Junto com a catapora terminaram as férias, mas teve início um frio forte, e as crianças mais novas foram dispensadas das aulas. Quando as meninas se encontraram na classe, tiveram a impressão de que não haviam transcorrido três semanas, mas três anos, e de que o que acontecera na casa de Aliôna passara-se em uma infância distante. Algo se deslocara, modificara-se: ficaram um pouco constrangidas umas com as outras, nunca mais mencionaram aquela noite, como se tivessem feito um voto de silêncio, como cúmplices em um crime terrível e misterioso. Desde então, passaram a tratar Kolivânova com respeito.

Catapora

A POBRE, FELIZ KOLIVÂNOVA

A escola vermelha, para meninas, ficava em frente à cinzenta, dos meninos, construída cinco anos mais tarde, como que especialmente para notificar a todos do emparelhamento racional do mundo, mas também para que o espírito competitivo não se derramasse de forma insensata por toda a região, e pudesse se manifestar de modo concentrado sob aqueles dois telhados, reluzindo como uma pomba sobre a escola mais distinta, justamente a feminina, que sempre liderava nos índices de aproveitamento, de comportamento e, obviamente, de forma inversa, de lesões.

Considerava-se que na escola vermelha o corpo pedagógico era melhor, que a copeira roubava menos, que o zelador picava o gelo com maior prontidão no inverno e varria a poeira da estrada com mais zelo no verão.

A diretora Anna Fomínitchna também era famosa, trabalhara com a própria Krúpskaia nos anos vinte e queria muito que a escola tivesse o nome de Nadiéjda Konstantínovna, mas ele já havia sido dado a uma maternidade da vizinhança. Anna Fomínitchna tinha a voz veladamente metálica, usava um pente redondo nos cabelos curtos cor de cânhamo, a lapela de seu paletó azul estava toda esburacada nos dias de semana, porém, nos feriados, em cada buraquinho ela enfiava uma condecoração ou outro sinal de honra, e todo o resto, ou seja, as medalhas, era preso com grampos.

Escolhia meticulosamente o corpo docente, mas não apenas dentre as pessoas "socialmente confiáveis", cujos documentos traziam sinais secretos; ela também examinava a dignidade pessoal, e as qualidades profissionais dos professores eram igualmente levadas em consideração por Anna Fomínitchna na escolha dos quadros. Na Rono,[40] Anna Fomínitchna era uma autoridade tão grande que lhe permitiam muitas coisas que os outros sequer podiam sonhar a respeito.

Todos os pedagogos conheciam perfeitamente os grandes recursos de Anna Fomínitchna, mas mesmo eles ficaram mudos de perplexidade quando, com a aposentadoria da velha alemã Elizavieta Khristóforovna, que sofria com a angina e com a insolência das alunas mais velhas, Anna Fomínitchna lhes apresentou, na véspera de primeiro de setembro,[41] a nova professora de língua alemã, que tinha um sobrenome militar secreto. Aquela nova Lukina parecia mais uma atriz estrangeira que uma professora soviética. Acabara de regressar da Alemanha, onde vivera muitos anos com o marido militar, e era um desafio completo, da cabeça aos pés, com as pernas especialmente provocantes, obscenamente nuas, pois usava meias sem cor, transparentes e até mesmo sem costura, o que era um novo luxo.

O corpo docente, predominantemente do sexo feminino, de alguma forma suportou o golpe, graças a sua porfia profissional, mas o que aquilo poderia provocar nas alunas, ainda não amparadas pela experiência da vida, era difícil até imaginar.

Aquele ano, de modo geral, prometia ser duro: acabara de sair um decreto sobre o ensino misto;[42] agora, de masculi-

---

[40] Sigla de *Raióni Otdiél Naródnogo Obrazovánia* (Seção Regional de Educação Popular). (N. do T.)

[41] Início do ano letivo na Rússia. (N. do T.)

[42] As escolas mistas surgiram na Rússia em 1918, ainda durante o Governo Provisório. Em 1943 voltaram a aparecer escolas masculinas e

no e feminino restariam apenas os banheiros ao final do corredor e nenhuma escola inteira. As jovens professoras, que até então tinham trabalhado exclusivamente na escola vermelha, encontravam-se na maior confusão, enquanto as colegas mais velhas, que antes da guerra tiveram a experiência de trabalhar em escolas mistas, receberam a novidade sem qualquer nervosismo, ainda que de má vontade. A fusão das escolas foi acompanhada também pela introdução de um uniforme escolar masculino, parcialmente copiado dos ginásios.[43] O velho matemático Konstantin Fiódorovitch, que começara suas atividades pedagógicas antes da revolução, comentou a mudança vindoura de forma breve e enigmática: "O uniforme do ginásio organiza por dentro". Desde a juventude, estava habituado a produzir falas destiladas e nunca proferia nada supérfluo.

Para a quinta série "B", aquele primeiro de setembro foi inesquecível: além de terem vinte colegas transferidas para a escola cinza, injetaram-lhes quinze vândalos de cabeça raspada, cabisbaixos e algo desconcertados. Formaram um denso novelo cinza no canto esquerdo extremo da sala, mantendo um círculo defensivo que ninguém pensava em romper. Com todas as forças, as meninas fizeram de conta que nada estava acontecendo, abraçaram-se, apoiaram-se umas nas outras e formaram pares para ocupar os lugares nas carteiras.

A inconsolável Strelkova sentou-se sozinha em sua carteira, desolada pela falta de Tchélicheva, partida prematuramente para o mundo estranho da escola masculina. Bronzea-

---

femininas, consideradas instituições exemplares e destinadas à elite do Partido. Estas foram descontinuadas em 1954. (N. do T.)

[43] Estabelecimentos de ensino secundário na Rússia do período pré-revolucionário. Em 1918 foram substituídos por escolas de trabalhadores. (N. do T.)

da pelo sol rural, Tânia Kolivânova, como de hábito, instalou-se na carteira dos fundos e, embora a aula ainda nem tivesse começado, já manchara as faces de tinta lilás.

O sinal pôs-se a tocar, e em seu último estertor rouco entrou a nova supervisora da classe.

Todos emudeceram — as meninas veteranas e os meninos recém-chegados. Ela era alta e alentada. Quarenta e um pares de pupilas fixas trespassaram a professora, nenhum detalhe de sua aparência foi perdido. Os cabelos tinham um brilho de laquê, como o tampo do piano no salão nobre, e estavam de fato cobertos de um laquê especial, cuja existência era ainda desconhecida nesta sexta parte do mundo; o batom vermelho escapava um pouco dos contornos da pequena boca; os sapatos verde-escuros, sem salto, com uma fitinha preta, e a bolsa, também verde-escura, manifestavam uma coincidência inverossímil, e na mão havia um grande anel de noivado, de um tipo que geralmente não se usava naquela época. E assim por diante...

"Quando eu crescer, vou fazer sem falta uma roupa xadrez igualzinha para mim", Aliôna Pchenítchnikova decidiu sem demora, e as outras vinte e cinco meninas, que não sabiam tomar decisões tão rápido, arregalaram os olhos para aquele milagre, abaladas e apalermadas.

Kolivânova, a quem a natureza dotara, sem saber por quê, de um olfato muito aguçado, foi a primeira a sentir o aroma complexo e estonteante do perfume. Inalou o máximo daquele cheiro picante e um tanto lacrimogêneo, mas não conseguiu contê-lo em si e espirrou ruidosamente. Todos olharam para ela.

— Saudações — disse a professora. A tensão da pausa arrefeceu. — Sente-se cada um onde quiser, por enquanto, depois arrumaremos isso — prosseguiu a professora, com voz séria e um pouco estridente.

Kolivânova sentou-se na sua carteira dos fundos e corou tanto que, em meio ao rubor denso, surgiram-lhe sardas de um cinza claro.

— Cumprimento-os pelo início do ano letivo. Sou a supervisora desta classe e me chamo Ievguênia Aleksêievna Lukina — proferiu, com algumas ênfases expressivas, e ao final da frase compreendeu que se inquietara à toa, e que as crianças iriam ouvi-la e submeter-se a ela da mesma forma que os jovens militares a quem antes lecionava. — Agora vamos nos conhecer — prosseguiu, e abrindo o diário de classe proferiu: Alfiórov, Aleksandr.

Aleksandr Alfiórov era o menorzinho dos meninos, porém com carinha de adulto, parecendo um anão. Levantou-se apoiado na carteira e com os olhos baixos. Ela ficou em silêncio, esperando que ele a fitasse. Ele a fitou.

Ievguênia Aleksêievna era uma grande mestre do olhar, sabia fitar de forma dócil, mordaz, promissora, enigmática e com desprezo, estabelecendo relações pessoais instantâneas. Leu a lista até o fim, fisgando no anzol de seu olhar cada um daqueles peixinhos, memorizando os nomes das duas gêmeas, do menino anão, da gordinha sorridente da carteira da frente e de outros com traços particulares. Sua memória era profissionalmente tenaz, e ela sabia que, em uma semana, conheceria todos, um por um. Escreveu na lousa negra como asfalto molhado: *"Heute ist der 1. September"*,[44] e passou ao ensino da língua alemã...

Na escola, especialmente nas classes mais adiantadas, esses primeiros dias de setembro foram nervosos e tensos. Meninos e meninas, levados de repente a uma aproximação inesperada, encaravam-se com novos olhos, e mesmo os que se conheciam já havia algum tempo, dos passeios pelo pátio, era como se voltassem a ser apresentados. Logo amadurece-

---

[44] Em alemão no original: "Hoje é o dia 1º de setembro". (N. do T.)

ram romances escolares, bilhetinhos firmemente dobrados voavam de carteira em carteira, e o trajeto de seu voo era bem mais interessante do que a trajetória da bala disparada com velocidade de 45 m/seg de um cano com ângulo de 30 graus no imorredouro manual de física de Piórichkin.

No final de setembro, já se sabia com toda certeza quem estava apaixonado por quem. Por Aliôna Pchenítchnikova apaixonou-se Kóstia Tcheremíssov, e por muitos anos, como depois se revelou; a gorda Plíchkina entregou seu coração vasto ao mesmo tempo a Vassíliev, esportista do segundo ano, e a Sacha Katsu; Bagatúria e Kónnikov devoraram-se com os olhos da primeira à última aula, e Lénotchka Bespálova chegara a vê-los juntos na fonte da praça Miússkaia.

Claro que havia simpatias secretas, paixões ocultas e ciúmes escondidos, mas o sentimento mais ardente, ideal e desinteressado encerrava-se no coração de Kolivânova. O objeto de sua adoração era de uma altura inacessível — a divina Ievguênia Aleksêievna.

As duas aulas por semana e os encontros momentâneos no corredor não saciavam a paixão de Kolivânova. Nos intervalos, frequentemente se postava em frente à porta da sala dos professores e aguardava a saída dela como se aguarda a saída de uma prima-dona, e toda vez Ievguênia Aleksêievna revelava-se muito mais linda do que era possível, a realidade de sua beleza inefável superava as expectativas, e Tânia Kolivânova ficava paralisada. Mas mesmo petrificada de felicidade, nem os mais ínfimos detalhes escapavam de seu olhar extasiado: um broche novo no colarinho, a ponta de um lencinho de seda que de repente se projetava do minúsculo bolso superior. Nem passava pela cabeça de Tânia — como acontecera, por exemplo, a Aliôna Pchenítchnikova — sonhar com uma roupa xadrez como aquela, tê-la algum dia, naquele distante "quando eu crescer". A única coisa que Kolivânova desejava era uma fotografia de Ievguênia Aleksêievna, e já ansiava pela grande fotografia com a classe toda que tirariam no final do ano, com a supervisora no meio, e ela a recortaria com uma tesoura, fazendo um retrato impreterivelmente redondo, para guardar no estojo, no pequeno compartimento das canetas. Mas o final do ano ainda estava muito longe.

Certa vez, no final de setembro, depois de acompanhar Ievguênia Aleksêievna à distância, até o metrô, como uma policial, decidiu continuar no seu encalço e, fazendo uma baldeação sem ser notada na estação Bielorrússia, saiu na Dínamo, seguindo a capa de chuva clara a uma distância decorosa. A capa cintilou entre as árvores e serpenteou pela vereda entre as *datchas* decrépitas do antigo parque de Pedro, enquanto Tânia caminhava pelas folhas vermelhas amareladas de bordo como se estivesse no céu, disposta a continuar assim pelo resto da vida, tendo em sua frente aquela capa pregueada e o coque arcaico e reluzente na nuca da professora. Depois a professora fez uma curva e desapareceu. Kolivânova decidiu que ela havia entrado no pátio do único prédio que era digno dela, na "Casa dos Generais",[45] enfeitado com imensas bolas de granito na entrada.

Posteriormente, revelou-se que Ievguênia Aleksêievna morava de fato naquele prédio. Passados alguns dias, quando a perseguição secreta se transformou em um ritual diário, Kolivânova viu lançar-se na direção da professora uma menina de cinco anos de idade, de saia vermelha plissada e um aro nos reluzentes cabelos negros. A menina passeava com uma velha gorda e carrancuda, de chapéu com orelheiras, e era, na verdade, feia: testinha alta, queixo comprido e lábio inferior grosso. Tânia achou-a fora do comum.

---

[45] *Guenerálskii Dom*, prédio imponente localizado na rua Sadôvaia-Kúdrinskaia, à época ocupado por militares de alto escalão. (N. do T.)

A pobre, feliz Kolivânova

"Que menina do além-mar", pensou, admirada. Além disso, a menina do além-mar chamava-se Regina. Era tão parecida com o pai que, passado algum tempo, Kolivânova reconheceu-o em um general atarracado e forte, de lábio inferior grosso, que, com ar insatisfeito, saltou de um carro negro junto à entrada de Ievguênia Aleksêievna.

Movida pelo desejo insaciável e inocente de ver a sua amada, Kolivânova seguiu-a, a certa distância, quando ela foi ao dentista na praça Trúbnaia, acompanhou-a sem ser vista quando visitou a irmã mais velha no hospital, aguardou-a do lado de fora do cabeleireiro enquanto lhe pintavam as unhas longas com esmalte cor de ginja, e quando ela saiu à rua, aspirou o cheiro estonteante do esmalte que atravessava as luvas finas de couro. Nem o lado mais secreto da vida da professora escapava de Kolivânova: às terças-feiras, às dez para as três, Ievguênia Aleksêievna saía da escola e ia a pé na direção oposta à do metrô, entrava na leiteria azulejada que ficava na esquina da Kaliáievskaia[46] com a Sadôvaia, parava diante da vitrine com gigantescas garrafas de mentira e, no mesmo minuto, aproximava-se um Pobeda[47] cinza, do qual saltava um militar alto, que contornava o carro e lhe abria a porta. Ela tomava o lugar ao lado do motorista, ele batia a porta com um rosto impenetrável e, virando a esquina naquele momento, Kolivânova ainda conseguia notar, na janelinha arredondada do carro, o braço do homem passando atrás da nuca que se recostava.

A autoconfiante e despreocupada Ievguênia Aleksêievna, que conseguia pôr no devido lugar até mesmo as professoras da escola, como dizia às amigas mais próximas, era míope, para ela os rostos embaralhavam-se na multidão, e

[46] Atual rua Dolgorúkovskaia. (N. do T.)

[47] Carro produzido entre 1946 e 1958; o nome significa "vitória". (N. do T.)

no que se refere a Kolivânova, devido à sua insignificância de criança e de vários outros tipos, era-lhe fácil dissolver-se na multidão. Dessa forma, dia após dia Ievguênia Aleksêievna vivia com essa escolta invisível, sem excluir os dias de folga, os quais Kolivânova passava o máximo possível no pátio com as bolas de granito, para não perdê-la quando saísse do prédio com a filha ou o marido.

Depois começou o inverno. Ievguênia Aleksêievna pôs-se a andar de casaco brilhante de pele de carneiro e botas castanhas de sola branca de borracha. As meninas da classe discutiam constantemente as vestes de Ievguênia, mas Kolivânova não entendia essas conversas: sua impressão era de que as belas roupas de Ievguênia Aleksêievna não davam testemunha de seu bom gosto, de sua riqueza, do fato, no fim das contas, de que Ievguênia Aleksêievna vivera muito tempo no exterior, mas que eram exclusivamente uma qualidade pessoal, como se ela secretasse casacos e calçados brilhantes, suéteres e blusas felpudas, como as ostras secretam pérolas.

Em meados de dezembro, no fim do quarto trimestre, Kolivânova tinha tantas notas dois[48] que Ievguênia Aleksêievna chamou-a, apontou cada uma delas com a unha firme e disse que era indispensável tomar juízo. Designou para ela a excelente Lília Jijmórskaia como sua tutora, e Lília atirou-se à tarefa com afinco. Todo dia ficava esperando Kolivânova terminar de comer o almoço grátis no refeitório da escola, olhando com inveja para o *vinegret*[49] estatal, que, por algum motivo, nunca preparavam em sua casa, e levava Kolivânova para seu lar, que era bem perto da escola.

---

[48] Nota de reprovação. Na Rússia, as notas vão de um a cinco. (N. do T.)

[49] Popular salada russa de beterraba, cenoura e batata, com molho vinagrete. (N. do T.)

Nástia, a doméstica carinhosa, beijava Lília. Lília beijava Nástia. Depois vinha um gato cabeçudo e se esfregava nas meias de algodão de Lília, e por fim, movendo-se com esforço, vinha uma velhinha minúscula, que parecia de brinquedo, chamada Tsíletchka, e acontecia mais uma troca de beijos. Tsíletchka acentuava sempre a última sílaba — *ourô, gatô, possô* —, e não ouvia absolutamente nada, algo que Lília informou a Kolivânova já na primeira vez: "Tsília é nossa parente da província, veio para arranjar um aparelho auditivo".

Depois lavavam as mãos e entravam em uma sala grande, onde havia a mesa com uma toalha branca, o canapé atapetado, o piano e muitas outras coisas boas e belas, até mesmo uma televisão com lente de aumento.[50] Nástia logo trazia o almoço, em dois pratos para cada, e a comida também era fora do comum. Uma vez, no lugar de sopa, serviram um caldo em uma xícara com duas asas e um *pirojók* em um pratinho à parte, e o *pirojók*, embora fosse de carne, era gostoso como um doce. Enquanto comiam, Nástia ficava de pé junto à porta, com as mãos na barriga, contente, sem que se compreendesse o motivo. Na vez em que Nádia serviu o *kompot*[51] não em copos, mas em potinhos de vidro, Kolivânova de repente supôs que na casa de Ievguênia Aleksêievna tudo devia ser igualmente rico e belo. Só que havia naquela sala, o tempo todo, um cheiro estranho, perturbador e irritante. "É cheiro de judeu", decidiu Kolivânova, que sabia que eles se diferenciavam das outras pessoas de um jeito ruim. Era o cheiro de cânfora, que permeava o apartamento desde a doença do avô de Lília.

[50] Característica da KVN-49, primeira televisão produzida em massa na URSS, entre 1949 e 1960. (N. do T.)

[51] Bebida não alcoólica preparada com frutas cozidas, com a eventual adição de pastas, mel, açúcar, canela ou baunilha. (N. do T.)

Depois do segundo almoço dava vontade de dormir, mas Lília levava Kolivânova ao pequeno quarto de canto e acomodava-a para fazer as lições. No começo Lília explicava com clareza, mas, se via que Tânia não estava entendendo, logo escrevia tudo em seu caderno e mandava que simplesmente copiasse. O estudo terminava bem rápido, pois às quatro Nástia entrava e lembrava: "Lílietchka, você tem música", ou: "Lílietchka, você tem alemão". E Lílietchka largava obedientemente os cadernos, e Tânia ia embora.

Kolivânova ficava tão fascinada quando ia à casa de Jijmórskaia que chegou até a esfriar com relação a Ievguênia Aleksêievna, embora, assim como antes, passasse os domingos em seu pátio.

No final do trimestre, todas as notas dois tinham sido melhoradas, à exceção de geografia, matéria na qual Kolivânova ainda não fora arguida. Então Lília foi ela mesma pedir que a professora de geografia a convocasse. Tirou três, e Lília ficou mais orgulhosa do sucesso de Kolivânova do que de suas tediosas notas cinco: despertara nela a vaidade pedagógica.

Enquanto isso, aproximava-se o Ano Novo, a classe coletava dinheiro para dar um presente à supervisora,[52] e a mãe de Plíchkina, que todos sabiam ter bom gosto, comprou em nome de todos uma grande caixa achatada com seis taças de cristal. Tânia nem viu essas taças, embora tivesse implorado por dez rublos à mãe, e a mãe de Plíchkina tivesse feito uma cruz ao lado de seu nome. Em compensação, na loja "Vidros e Cristais", na rua Górki, ficou examinando longamente todo o cristal exposto na vitrine e, dentre os cálices, escolheu mentalmente os que achava mais belos: altos, estreitos, com esferas facetadas no alto das hastes.

---

[52] Na Rússia, os presentes não são dados no Natal, mas no Ano Novo. (N. do T.)

Depois começaram as férias chatas. Em casa, Kolka ficou doente. A irmã Lidka agora trabalhava, era operária aprendiz, e Tanka ficava com Kolka. Depois Sachka também ficou doente. Kolivânova esperava o fim das férias com impaciência, imaginando com antecipação como seria ver Ievguênia Aleksêievna. Durante a separação, era como se o seu amor tivesse se enevoado, mas não passou. No fundo, era um amor feliz, não exigia nada para si, e nem mesmo a ideia de servi-lo ocorreu a Kolivânova; e como poderia servir sua divindade a pequena Kolivânova, que não tinha na alma nada além de um vago enlevo?

Finalmente chegou o 11 de janeiro. Às oito da manhã, Kolivânova já estava no portão da escola esperando Ievguênia Aleksêievna ingressar no pátio — um encouraçado entre ninharias flutuantes. E ela entrou, ainda mais alta do que Kolivânova se lembrava, ainda mais bonita, e não de casaco de pele de carneiro, mas de jaqueta de raposa vermelha e usando um vicejante lenço verde.

Ievguênia Aleksêievna trocou-se no vestíbulo dos professores enquanto Kolivânova formava fila para enfiar seu reles casaquinho no buraco do guarda-roupa e, após entregá-lo à funcionária, esgueirou-se para o vestíbulo dos professores e cheirou a jaqueta vermelha, que tinha aroma meio de animal, meio de perfume, e cintilava com fogo e ouro. Acariciou a manga levemente umedecida e saiu sem ser notada...

Depois da escola, Lília chamou-a para fazer a lição, mas ela se recusou, pois o amor adormecido despertara com força renovada e ela estava decidida, a qualquer custo, a acompanhar naquele dia Ievguênia Aleksêievna até sua casa, do jeito secreto de sempre.

Depois da aula, Tânia ficou um bom tempo andando no pátio da escola, à espera de Ievguênia Aleksêievna. Ela saiu às três e meia e, rapidamente, sem olhar para os lados, partiu para o metrô; desceu as escadas, mas não entrou, como de hábito, no corredor que dava para o vagão do meio, encaminhando-se para a extremidade do salão, onde veio a seu encontro um homem vistoso, de cachecol branco, sem chapéu e com um espesso bigode cinzento. Não era o militar que a encontrava às terças-feiras, perto da leiteria, nem o marido, de gorro de pele cinza. Ele era jovem e belo como Ievguênia Aleksêievna e tinha flores nas mãos, embrulhadas em papel de presente.

Kolivânova, ao olhar para eles, experimentava a felicidade de estar em contato com uma vida maravilhosa — como no cinema, como no teatro, como no Reino dos Céus, do qual sempre falava sua avó camponesa, tola e simples. E ela os imaginava sentados à mesa, comendo seu jantar de dois pratos ao mesmo tempo, imaginava Nástia levando-lhes *pirojki* em pratinhos, e eles bebendo vinhos de um vermelho vivo naqueles copos de vidro com esferas nas hastes, e tudo aquilo acontecia impreterivelmente no belo quarto de Lilka. E nada dos risinhos, do rebuliço, dos gemidos produzidos pela mamãe com seus amantes. Nunca, isso nunca... Talvez apenas se beijassem, jogando lindamente a cabeça para trás...

Tânia ficou a uma boa distância, escondida atrás de um meio-arco de mármore. A multidão era bem espessa, e ela logo os perdeu de vista.

Na escola, em janeiro e fevereiro, houve diversos eventos: primeiro, um incêndio na casa das caldeiras, e ficaram três dias sem aula, até consertarem o aquecimento; depois morreu a ex-professora de alemão, Elizavieta Khristóforovna, que se aposentara pouco antes, e por algum motivo foi velada por quase toda a escola; depois Kozlov, da sétima série, caiu da escada de incêndio, quebrando ambas as pernas ao mesmo tempo; e, por fim, a diretora Anna Fomínitchna foi com a delegação docente para a Tchecoslováquia e, quando voltou, falou da fraternidade com a Tchecoslováquia na reunião geral da escola e deu os endereços de pioneiros tchecoslovacos,

A pobre, feliz Kolivânova

e a escola inteira pôs-se a lhes escrever cartas, como loucos. Depois organizou-se um concurso das melhores dez cartas, então enviaram-nas e ficaram à espera das respostas.

Logo teve início o mês de março, e todos começaram a se preparar para o Dia Internacional de 8 de Março. Outra vez a mãe de Plíchkina coletou dinheiro para o presente da supervisora da classe. Kolivânova pediu dez rublos à mãe, mas a mãe estava mal-humorada, não deu o dinheiro e xingou. A irmã Lidka prometeu dar do seu salário, mas o pagamento era dia 15 e, como ainda era dia primeiro, não tinha nada. Tanka chorou por três noites seguidas, até que a mãe, alegre, bêbada, chegou com Volodka Tatárin e lhe deu os dez rublos.

Desde a manhã Kolivânova preparara-se para dar os dez rublos à mãe de Plíchkina, que levou a filha à escola e coletou o dinheiro no vestíbulo. Porém, como Kolivânova já lhe informara que sua mãe não daria dinheiro, não lhe pediram. Passou o dia inteiro entediada em sua carteira, nos fundos da sala. Naquele dia não tinham alemão, pois era sábado, folga da professora de alemão, de modo que Tânia nem saiu da classe nos intervalos: não tinha interesse.

A última aula era de desenho. Desenharam, de memória, uma cesta com flores e fizeram uma inscrição na fita vermelha: "Parabéns à mamãe...". Kolivânova não fez nada: em primeiro lugar, não tinha lápis, em segundo, a professora Valentina Ivánovna era uma vaca gorda, ficava sentada à mesa e não verificava nada.

Kolivânova sentia tédio, tédio, mas então, de repente, ocorreu-lhe uma ideia grandiosa: comprar para Ievguênia Aleksêievna uma cesta de flores de verdade, como aquelas que dão às atrizes, e presenteá-la em segredo, mas de forma particular, não coletiva.

Mal aguentando ficar sentada até o fim da aula, Kolivânova foi correndo até a rua Górki, onde havia uma floricultura que ela conhecia, em cuja vitrine tinha visto umas cestas daquelas. Dessa vez não havia cestas à janela, tudo fora tomado por camadas de gelo, e ela entrou na lojinha. Havia tal quantidade de cestas que era impossível sequer imaginar onde as conseguiam no meio do inverno.

Um velho de rosto rosado e chapéu redondo de grã-fino, com topo de veludo, escolhia flores, enquanto a vendedora ficava a lhe dizer:

— Dmitri Serguêitch, o que Vera Ivanna mais gosta é de hortênsias, sempre lhe mandam hortênsias...

O homem, que se parecia muito com alguém famoso, respondeu com voz de rico:

— Minha querida, Vera Ivanna não consegue distinguir uma hortênsia de uma hemorroida...

Kolivânova esgueirou-se para o balcão na surdina e ficou estupefata: aquela hortênsia custava 137 rublos, e a da cesta, menos: 88. E as cestas com flores mais baratas, vermelhas e brancas, de hastes longas e curvadas, e menos suntuosas, mesmo assim custavam 54... Mas já tinha dez! Sem perder tempo, Kolivânova foi para Márina Róscha, para a casa de sua parente, a Tamarka sem braço. Esperava conseguir dela os quarenta e quatro que faltavam. Tamarka estava em casa e até ficou contente, mandou preparar a chaleira. Tânia fez o chá, deu pão e linguiça a Tamarka, e comeu também. Depois de comerem, Tamarka perguntou por que ela tinha vindo.

— Atrás de dinheiro — Kolivânova admitiu com franqueza. — Preciso de quarenta e quatro rublos.

— Mas por que precisa de tanto? — espantou-se Tamarka.

Kolivânova entendeu que não podia dizer para quê, mas não sabia mentir rápido. Por isso, admitiu que era para um presente para a professora.

— Mas eu sou sua parente — zangou-se Tamara — e,

A pobre, feliz Kolivânova

ainda por cima, aleijada, e você nunca me deu um presente na vida... Não vou te dar nada. Se quiser, trabalhe. Ajude com a tina, a lavar a roupa, daí eu pago, mas claro que não tudo isso...

Kolivânova colocou dois baldes de água no fogão e se pôs a esperar enquanto esquentavam. Dedicou a tarde inteira à roupa suja, da qual havia uma bacia cheia. Tamarka deu-lhe dez rublos, mas admoestou-a porque não tinha lavado bem limpo.

Voltou tarde para casa. A mãe estava fazendo serão e Lidka dormia. De manhã, não conseguiu falar com Lidka, que saía muito cedo para a fábrica. Só na noite do dia seguinte Kolivânova voltou a pedir dinheiro à irmã. Lidka era inteligente, hábil, mas dinheiro ela não tinha mesmo. Foi para debaixo da escada, onde ficava o casaco acolchoado do tio Míchin, que mais de uma vez provera-lhe de trocados. Vasculhou ambos os bolsos e trouxe à irmã um punhado de trocados, mais de dois rublos.

Na cozinha, naquela noite, houve uma briga. A tia Grânia, do barraco verde, veio brigar com a tia Natacha por causa de seu marido Vássia. A vizinhança se reuniu na cozinha, e Valentina, a mãe das Kolivánov, também participou. Lidka mandou Tânia ficar junto à porta e vasculhou a bolsa da mãe, mas lá só havia uma nota grande, de cinquenta rublos, e nada mais. Lidka ainda tinha no estoque uma sugestão, mas duvidava que Tanka a aceitaria. Mesmo assim perguntou.

— E se te pegarem de jeito?

— Dói muito? — interessou-se Kolivânova, em tom prático.

Lidka refletiu sobre como poderia explicar melhor.

— A surra da mamãe dói mais.

— Então vamos — concordou Tanka.

Lidka resolveu entabular as negociações sem demora. Colocou um gorro cinza de pele de cabra e saiu. Era perto onde tinha que ir, no pátio contíguo, mas não voltou muito rápido; em compensação, estava satisfeita.

— Pronto, ele prometeu dar dinheiro, o Aranha — informou.

— Ah, é? — alegrou-se Tanka.

— Não é tão simples — Lidka preveniu a irmãzinha —, ele vai te pegar de jeito.

— E se depois ele não der o dinheiro? — inquietou-se Tanka.

— Tem que pegar antes — sugeriu a experiente Lidka.

Tanka, embora fosse pequena, também raciocinava direito:

— Certo, primeiro me dá, depois me pega.

— Então vamos juntas, que eu já levo o dinheiro embora — propôs Lidka.

Tanka ficou contente: assim parecia mais seguro.

— Você já foi com ele? — Tanka perguntou à irmã.

— Faz muito tempo... — disse Lidka, com um gesto de negação. — Quando a mamãe estava tendo Sachka, naquele verão. Depois, quando ela voltou da maternidade, Niúrka contou que eu tinha ido com o Aranha e ela me deu uma surra — Lidka recordou. — Agora não faço mais isso. Agora vou me casar — acrescentou, com seriedade.

Tânia assentiu, mas sem interesse. Estava ocupada com seus pensamentos: quase não restava tempo, o dia seguinte já era o seis de março, Lídia saía às duas, à tarde ela tinha de buscar os irmãos e não tinha como ficar longe deles. De ir sozinha, Tanka tinha medo, embora soubesse onde era.

Foram às seis horas, antes de anoitecer. Churik, o Aranha, vivia no segundo andar do barraco verde, com a mãe e a avó. Era um rapaz jovem, mas defeituoso. Uma das pernas era torta e mais curta do que a outra. Não servira o exército, nem tinha um bom trabalho. Criava pombos. Passava todo o tempo em seu celeiro, que tinha um grande pombal em

A pobre, feliz Kolivânova

cima, dormia lá até no inverno, coberto com um sobretudo de peles e um tapete velho. Não bebia, não fumava. Diziam que estava juntando dinheiro para comprar um carro. E era sabido que deflorava meninas. Sorrindo com a boca desdentada, ele dizia que nenhuma menina dos barracos lhe escapava. As moças adultas não se relacionavam com ele.

Quando chegaram as irmãs Kolivánov, ele se encontrava muito preocupado, colocando na gaiola um pássaro semimorto.

— Vejam, bicou por inteiro uma pomba boazinha. Esmagou ela todinha, esse pombo malvado — queixou-se às meninas, que entraram e se sentaram na cadeira única e precária perto da porta.

Passou uns dez minutos cuidando da ave, untou seu pescoço bicado, soprou a cabecinha rosada. Depois fechou a gaiola e voltou-se para elas.

— Lid, essa sua Tanka é uma grandalhona, achei que fosse pequena — observou.

— É três anos mais nova do que eu, mas é bem mais alta — Lidka explicou-lhe o estado das coisas. E, realmente, embora Lidka já tivesse completado dezesseis anos, era de pequena estatura, enquanto Tanka, naquele ano, tinha crescido muito. Em compensação, Lidka era ampla, carnuda, como dizia sua avó, enquanto Tanka era seca como um gafanhoto.

— E aí, precisa de trinta e quatro rublos? — ele perguntou a Tanka.

— Pode ser trinta e dois — respondeu Tanka, lembrando-se dos dois rublos em moedas de prata.

— Hoje está meio frio — o Aranha disse de repente, com ar preocupado, e remexeu, pensativo, o bolso da calça. — E você pode ir embora, vai — dirigiu-se a Lidka.

— E cadê o dinheiro? — questionou Lidka.

— Mas quando você vai devolver? — ele perguntou.

— Trago dia quinze, quando recebo — Lidka prometeu.

— Está bem. Enquanto você não trouxer, que ela venha me visitar — ele riu —, para pagar os juros.

Tirou do bolso todo um maço de trocados e contou trinta e dois rublos, em notas de um e de três. Lidka conferiu, sem se inibir.

— Vai para casa, vai — mandou o Aranha, e ela se esgueirou quietinha pela porta.

Tanka deu um suspiro de alívio: conseguira o dinheiro para o seu negócio, conseguira...

Churik continuou remexendo no bolso.

— E daí, quer dar uma olhada?

— Não — Tânia sorriu, cândida —, por mim, quanto mais rápido, melhor.

— Tudo bem — o Aranha não se ofendeu —, então vai sentar na escada, ali — e indicou-lhe o terceiro degrau da escada gasta e rústica que dava acesso ao pombal. — Mas calce as botas de feltro, calce, senão vai congelar — permitiu, ao vê-la tirar as roupas por baixo do casaco e esticar as pernas nuas de galinha...

Naquele ano letivo, ano em que foi feita a fusão das escolas masculina e feminina, até os ramos secos floresceram: logo os maridos de duas professoras fugiram, evidentemente, com duas cadelinhas jovens; o novo professor de literatura, Deniskin, apaixonou-se pela estagiária Tônietchka e se casou intempestivamente; a professora de desenho, solteira, que andava com uma barriga grande já fazia uns dez anos, de repente saiu de licença-maternidade; e até Anna Fomínitchna, sob o olhar zombeteiro de toda a equipe pedagógica, flertava pesado com o professor viúvo de matemática. As funcionárias varriam das classes incontáveis bilhetinhos, e uma aluna da nona série, de uma família muito decorosa, fez um aborto na maternidade recém-batizada com o nome de Krúpskaia, e por isso Anna Fomínitchna foi convocada à Rono e

A pobre, feliz Kolivânova

147

fortemente repreendida. Houve ainda muitos segredos amorosos de todos os tipos, dos quais ninguém ficou sabendo.

Na escola, preparava-se a grande solenidade, dedicada ao 8 de março, e Kolivânova, naquele dia, faltou à aula.

Saiu de casa de manhã, como de hábito, mas levando uma sacola da mãe. Ainda não eram nove horas e ela já estava postada em frente à floricultura fechada, que só abria às onze. Não chegara tão cedo em vão: uma hora mais tarde, já havia vinte pessoas ali, e quando a loja abriu a fila estava quase chegando ao Elissiêiev.[53]

Ela imediatamente correu para o caixa e voltou a ser a primeira da fila. Ficou sabendo agora que as flores que havia escolhido se chamavam cíclames, e havia três tipos: branca, rosa e carmesim estridente. Escolheu a carmesim, ainda que não sem hesitar: a rosa e a branca também lhe agradaram.

Aquela mesma vendedora que antes aconselhara o velho a comprar hortênsias fez uma bela cesta e a ajudou a enfiar na sacola.

Era pouco depois do meio-dia, e ela tomou dois trólebus para a casa de Ievguênia Aleksêievna. Subiu até o último andar, depois ainda mais acima, até o sótão, sentando-se lá. Sabia que teria de esperar muito tempo. O inconveniente consistia em que Ievguênia Aleksêievna morava no sétimo andar, e Tânia instalara-se acima do décimo e, com o barulho indefinido do elevador, não era possível determinar onde exatamente ele parava. Toda vez que batia uma porta, ela se lançava três andares abaixo para olhar através da tela de arame se fora Ievguênia Aleksêievna quem chegara.

Na hora do almoço, viu Regina voltar com a tia que a levava para passear. Crianças e velhos chegaram algumas ve-

---

[53] Célebre loja de alimentos finos e produtos importados, localizada na esquina da rua Górki (atual rua Tvierskáia) com a travessa Kozítski. (N. do T.)

zes, mas a outros apartamentos. Tinha vontade de comer, de beber, de dormir, depois um dente começou a doer um pouco do lado direito, mas parou sozinho. Tânia começou a temer que as flores murchassem na cesta e afrouxou o papel de cima, mas ali, debaixo do papel, as flores estavam frescas e esplêndidas, apenas pareciam muito escuras, e ela lamentou não ter comprado as brancas.

Depois a filha Regina foi novamente levada para passear, e logo começou a escurecer nas janelinhas da escadaria. Uma porta voltou a bater, no sétimo andar: um gorro de pele cinzento. Kolivânova ficou sentada por mais quarenta minutos, calculou que já passara da hora de Ievguênia Aleksêievna aparecer. Ela nunca ficava nas solenidades da escola até o fim, como as outras professoras.

"Está na hora", decidiu Kolivânova, tirou a cesta embrulhada em papel da sacola e, apertando-a contra o ventre, levou-a até a porta, colocando-a bem no meio do capacho. Depois, voltou a subir para o seu esconderijo. Mas teve de esperar pouco tempo, pois em cinco minutos chegou Ievguênia Aleksêievna, e Kolivânova viu, lá embaixo, sua pele de raposa vermelha e um gorrinho pequeno de tricô, de fios torcidos. Chegou até a ouvir a campainha abafada, o rangido da fechadura e uma voz masculina insatisfeita.

Agora Tânia estava com pressa, saiu correndo para o metrô. O metrô estava iluminado e cintilante, e todas as mulheres levavam ramos de mimosa. Imaginou a cesta com os cíclames ricamente aveludados, de folhas espessas e reluzentes e, pela primeira vez na vida, experimentou o orgulho de ser rica e um desprezo pela pobreza — por aquelas bolinhas amarelas esquálidas de cheiro repugnante. E havia ainda o sentimento inefável de haver tomado parte na maravilhosa harmonia do mundo, à qual ela servira: os cíclames iam bem com Ievguênia Aleksêievna, exatamente como todas as suas belas roupas, as bolas de granito na entrada de seu prédio, o

A pobre, feliz Kolivânova

149

belo bigodudo que agora a encontrava no metrô quase todos os dias.

Pelo visto, em relação ao jovem bigodudo, o general Lukin tinha uma opinião absolutamente diferente. Ao menos quando abriu a porta para a esposa e, enfurecido e sombrio, preparava-se para lhe indagar por onde exatamente tinha vagado, pois ela lhe dissera que ficaria retida na solenidade da escola. Ele fora buscá-la às quatro e meia, pois comprara dois ingressos para um concerto de gala no teatro Bolchói. Só que ela não estava mais na escola. Dissera que estava doente, e tinha saído há tempos. Exatamente aonde ela tinha ido era o que queria saber o general Lukin, cujo coração ciumento já sentia havia tempos o cheiro de traição.

Sua mulher entrou com um sorriso confuso e uma cesta de flores:

— Imagine, Semion, uma cesta de flores no capacho da porta...

Mas não conseguiu terminar de falar, pois Lukin, seu marido, com um gesto largo e absolutamente feminino, deu-lhe um bofetão abrupto. E ela, que em toda a sua orgulhosa vida prévia não havia se preparado para aquilo, não se aguentou sobre as pernas e caiu, batendo o supercílio no canto da mesa com o espelho. A cesta também caiu. Ele se apressou para erguer a esposa, mas ela o afastou com a mão e saiu, jogando no chão o casaco de raposa e lhe dizendo, por cima do ombro, uma só palavra: "Penkí!".

Era aquela mesma palavra que ela às vezes descarregava nele como um machado, o nome do ameno vilarejo de Viátka onde ele tinha nascido, o que instantaneamente o transformava numa nulidade, num pastorzinho, num caipira. Ele sentiu uma dor e uma vergonha tão agudas quanto a raiva recente. O arrependimento e uma certeza inesperada da inocência da esposa, uma inocência algo altaneira, apossaram-se dele.

Ela trancou a porta do banheiro. Ele ficou no corredor e, pressionando a face contra a porta, repetia, quase em lágrimas: "Jénetchka,[54] Jénetchka, perdão!". E Jénetchka, apertando uma toalha molhada contra a ferida ensanguentada, fazia caretas de dor e, de forma malvada e infantil, repetia para si mesma: "Farei, farei, sempre farei!".

A cesta de cíclames jazia no chão, na antessala, e não havia como dizer que propiciara muita alegria a Ievguênia Aleksêievna...

Em compensação, Kolivânova estava alegre: voava tão apressadamente na direção de casa porque o Aranha mandara ela ir procurá-lo todos os dias, como ressarcimento, e ela, que era uma menina obediente, sequer pensara em se esquivar. Ao chegar ao galpão, descobriu que a porta se encontrava aberta e o Aranha não estava.

Em casa, Lidka contou-lhe, aos sussurros, que os homens do pátio tinham esfolado tanto o Aranha, por causa de seus vis pecados, que ele foi parar no hospital. E o pombal, junto com todos os pombos, fora destruído. Passou muito tempo antes de o Aranha voltar a aparecer no pátio e, assim, as irmãs Kolivánov não lhe devolveram o dinheiro. Relaxaram...

Mas a felicidade — coisa que Kolivânova ainda não conhecia — sempre é sucedida pelo pesar. Ievguênia Aleksêievna não apareceu mais na escola. Primeiro pegou um atestado médico por traumatismo, depois o marido recebeu uma nomeação de conselheiro militar no exterior, e ela partiu para um país grande no Oriente, onde comprou seda, nefrita e esmeraldas e, pelo *status,* cabia-lhe um cozinheiro, dois criados, um jardineiro e um chofer, todos, obviamente, chineses. Nunca mais na vida se lembrou de Kolivânova.

E a pobre Kolivânova ficou muito tempo com saudades.

---

[54] Diminutivo de Ievguênia. (N. do T.)

A pobre, feliz Kolivânova

Depois seu amor pareceu cicatrizar. O sacrifício da própria virgindade ela nem notou, ainda mais que, além de Lidka e Churik Aranha, ninguém mais sabia. Certa vez, sonhou com Ievguênia Aleksêievna, mas de forma desagradável: era como se ela tivesse vindo, em uma aula, e começado a lhe bater dolorosamente na cabeça com as juntas dos dedos bem cuidados. Tânia não gostou da nova professora de alemão, mas a língua alemã parecia-lhe elevada, celestial.

Kolivânova passou dois anos em hibernação saudosa. Todas as meninas da classe amadureceram e ficaram redondas, só ela sempre crescia para o alto, como uma árvore, e se tornou a mais alta da classe, incluindo os meninos. Depois, inesperadamente, cresceram-lhe belos seios, os cabelos gris de repente revelaram-se platinados, evidentemente devido aos banhos, pois, na fábrica, tinham dado à mãe um apartamento de duas peças com banheiro. Então ela se tornou primeiro simpática, depois bonita de verdade. Mas os meninos não olhavam para ela, estavam todos acostumados ao fato de ela não ser interessante. Em compensação, quando, para a solenidade de Primeiro de Maio, Anna Fomínitchna convidou alunos da Escola Superior do Partido, incluindo seus queridos tchecoslovacos, e quando eles trouxeram consigo toda sorte de comunistas suecos, dentre os quais havia búlgaros, italianos e um que era sueco de verdade, esse sueco convidou Kolivânova para dançar, mas Kolivânova recusou, pois não sabia dançar. Mas o sueco mesmo assim se apaixonou por ela. Encontrava-a depois da escola, levava-a ao cinema e ao café, falava alemão com ela e lhe trazia presentes. A cada três dias ela ia ao alojamento dele, quando estava de serviço um porteiro que ele conhecia. O sobrenome do sueco era Pettersson, e ele não lhe agradava, por ser mais baixo do que ela e careca, apesar de jovem. Porém, não era avarento e fazia muitas coisas boas para ela, de modo que ela o visitava por gratidão.

Depois ele foi embora, e ela não lamentou. Logo terminou a escola, com nota baixa, três. A mãe queria que ela entrasse na fábrica, havia uma vaga no escritório, mas ela queria estudar e entrou na escola técnica pedagógica. Tinha medo do instituto de ensino superior.

Pettersson lhe escreveu uma carta e um ano depois veio para se casar. Mas não conseguiu de imediato, houve complicações com os papéis. Veio mais uma vez e acabou se casando. Logo Kolivânova partiu para a Suécia.

Lá, a primeira coisa que vez foi comprar botas de sola branca de borracha, casaco de pele de carneiro e uns suéteres felpudos. Não amava Pettersson, mas tratava-o bem. O próprio Pettersson sempre dizia que sua esposa tinha uma alma russa enigmática. E as ex-colegas de classe diziam que Kolivânova era feliz.

POSFÁCIO

Danilo Hora

Liudmila Ulítskaia é sem dúvida uma das maiores escritoras dos nossos tempos. É também uma das mais reconhecidas. Seus livros são apreciados sobretudo pelo cuidado na construção do mundo interior das personagens e pelo tratamento cândido dispensado a temas que até os anos 1990 eram considerados tabu no mundo soviético das letras, mundo que a autora adentrou tardiamente, aos cinquenta anos de idade. Ulítskaia vem de uma clássica família de intelectuais moscovitas: neta de judeus que sentiram o gosto da intolerância das campanhas antissemitas, filha de cientistas que tiveram que aquiescer às várias demandas ideológicas da era Stálin, formou-se em genética e bioquímica e por dois anos dedicou-se à carreira científica. Um dia, em palavras suas, simples e diretas, "apreenderam o manuscrito de alguém e me puseram na rua".[1] Isto aconteceu em 1970, época em que o governo soviético vigiava com empenho especial os chamados *samizdat* — todo tipo de publicação clandestina —, e os cada vez mais frequentes *tamizdat* — livros que de alguma forma conseguiam chegar a editoras fora da União Soviética. Ulítskaia teria perdido o emprego no Instituto de Genéti-

---

[1] Em entrevista a Marina Gueorgadze, de maio de 2003, para o projeto *NaStoiáschaia Literatura: Jenski Rod* (Nossa Grande Literatura: Gênero Feminino).

ca Nikolai Vavílov por emprestar sua máquina de escrever a algum autor de *samizdat*. Esse episódio simbólico é o começo da sua vida de escritora.

Durante alguns anos Ulítskaia escreveu contos infantis, trabalhou com adaptações para o teatro, peças de rádio, foi consultora de repertório do Teatro Judaico de Música de Câmara (KEMT), escreveu artigos, resenhas, roteiros de filme, traduziu poemas. "Não recusava nenhum trabalho literário. Só aqueles que cheiravam a ideologia soviética, e não porque eu fosse tão incorruptível assim, mas porque nunca consegui fazer algo que não tivesse vontade de fazer."[2] Como muitos escritores da sua geração, Ulítskaia passou algum tempo escrevendo obras "para a gaveta" — isto é, sem a perspectiva de publicá-las — e ganhando a vida como profissional de letras. Já como autora, sua trajetória foi simplesmente meteórica e nada comum: em 1993, aos cinquenta anos de idade, Ulítskaia viu seu livro de estreia, *Parentes pobres*, sair na França, por uma editora grande, que nunca antes havia publicado um livro de estreia, de quem quer que fosse;[3] já em 1996 ela receberia o prestigioso Prix Médicis pela novela *Sônietchka*. Dez anos mais tarde, ao contar, numa entrevista, os detalhes dessa estreia tão extraordinária (ela deixou um manuscrito seu com o amigo de uma amiga, que o passou para outro amigo, e assim por diante), Ulítskaia relembrou o episódio com aquele mesmo humor que em suas histórias nos deixa tão à vontade e tão desconcertados: "Foi igualzinho ao que aconteceu com a Cinderela".[4] A essa altura, Ulítskaia já era uma das escritoras mais lidas, traduzidas e premiadas da

[2] Entrevista a Marina Gueorgadze, cit.

[3] *Les pauvres parents: nouvelles*, Paris, Gallimard, 1993, com tradução de Bernard Kreise.

[4] Entrevista a Marina Gueorgadze, cit.

nossa época, tendo alguns livros publicados quase ao mesmo tempo na Rússia e no estrangeiro. Entre os mais conhecidos estão: *Sônietchka* (1994), *Medeia e seus filhos* (1996), *Funeral alegre* (1998), *O caso Kukotski* (2000), *Daniel Stein, tradutor* (2006), *A grande tenda verde* (2011) e *A escada de Jacó* (2015).

O conjunto da obra de Ulítskaia impressiona por sua variedade. Cada livro seu tem uma fisionomia própria, seus personagens possuem trajetórias únicas. O ativismo político de Ulítskaia tem como alicerces a tolerância e o respeito a todo tipo de diversidade, e em sua obra literária figuram pessoas de diferentes espectros do grande mosaico étnico que é a sociedade russa, constantemente deixados de fora da literatura "feita por russos", e também pessoas com diferentes sexualidades, com diferenças físicas e mentais, todo tipo de pessoa. Os contos de *Meninas* trazem também um ponto de vista diverso ao tratar de um tema relativamente bem explorado na literatura russa: as memórias de infância como cenário íntimo da "grande história". Segundo a autora, "este livro foi escrito depois de eu perceber que na literatura russa existe um bom número de livros que tratam da infância de meninos e pouquíssimos que tratam da infância de meninas".[5]

Os contos de *Meninas* aparecem já em *Parentes pobres* como um ciclo em separado com o título "Meninas de 9 a 11", e desde então têm sido publicados como obra avulsa, como um todo autossuficiente. O cenário desses contos delicados e perturbadores é a retomada da vida na Moscou do pós-guerra. Este é também o cenário da infância da autora: Ulítskaia nasceu em plena Segunda Guerra Mundial, na região dos Urais, para onde a família moscovita foi evacuada, e cresceu na capital soviética. A maior parte da ação do livro

---

[5] Em correspondência com o editor, março de 2021.

Posfácio

se concentra nos últimos anos da era Stálin, embora as alusões aos eventos históricos e ao clima geral da época sejam bastante sutis, como costumam ser na consciência de uma criança "de 9 a 11". Quando lidas em conjunto, estas narrativas formam algo muito maior do que a soma dos contos, não muito fácil de definir. Ciclo narrativo? Novela decomposta? Romance reduzido (ou concentrado, como quando se reduz um caldo)? A autora teve a gentileza de me responder: "Digamos que esse é o meu gênero. Vamos chamá-lo de 'romance fractal'. Dessa mesma forma foi escrito o romance *A grande tenda verde*. Trata-se de uma série de histórias com personagens alternados, que acabam criando um 'espaço romanesco', mas que não têm um único protagonista. E quem se revela o protagonista é toda uma geração, ou um certo grupo de pessoas".[6]

Esse retrato de toda uma geração não é uma visão panorâmica de eventos históricos, mas um pontilhado das reverberações desses eventos na vida cotidiana. O cenário da "grande história" soviética é como o espaço vazio de uma trama cujos fios são os percursos interiores das personagens. Neste sentido, a pesquisadora Helena Goscilo chamou a atenção para uma coisa curiosa: Ulítskaia tem uma quantidade imensa de leitores em diversas línguas, teve uma recepção crítica calorosa em muitos países, e ainda assim, ao longo dos anos em que sua obra veio se afirmando, boa parte da crítica russa — a porção predominantemente masculina — escolheu defini-la com termos como literatura "feminina" ou "sentimental"; ou então simplesmente escolheu passar ao largo de sua obra, dando preferência à prosa pós-moderna de Vladímir Sorókin ou Viktor Peliévin, que, nas palavras de Goscilo, "espelham Vladímir Pútin de modo peculiar, pela

---

[6] Em correspondência com o editor, março de 2021.

obsessão com a vasta extensão do passado da Rússia e com projeções do seu futuro, em detrimento da vida em suas manifestações cotidianas".[7]

Essa distinção entre "grande história" e "história do cotidiano" está relacionada, de certa forma, a uma "divisão de tarefas" na literatura soviética: os homens (Pasternak, Chalámov, Mandelstam, Soljenítsin) iam para o front ou para os campos de trabalho (às vezes para os dois) e, se voltassem, contavam o que viram lá, faziam "história", "testemunho", algo supostamente mais objetivo e impessoal; já as mulheres faziam "memórias", como Nadiéjda Mandelstam, que quis antes de tudo manter viva a memória de Óssip Mandelstam, seu companheiro de vida; ou como Evguênia Guinzburg, que documentou o dia a dia de sua vida intelectual durante o cerco de Leningrado; ou ainda Nina Berbérova, que registrou a dispersão e o desespero dos emigrados russos. São obras monumentais, de mérito literário e histórico equivalente ao *Arquipélago Gulag*, aos *Contos de Kolimá*, ou ao *Doutor Jivago*. Mas o fenômeno que Goscilo aponta é distinto e contemporâneo, trata-se de uma hierarquização que põe em primeiro lugar uma suposta "versão masculina" da história, algo que soa um tanto sisudo e condecorado, algo resumido algum tempo atrás naqueles versos que Marianne Moore, em seu poema "Marriage", fez Eva dizer a Adão:

> *Homens são monopolistas de estrelas,*
> *botões, fitinhas*
> *e outros badulaques que cintilam.*

---

[7] Helena Goscilo, "Invisibility and the Threads that Bind", em Elizabeth A. Skomp e Benjamin M. Sutcliffe (orgs.), *Ludmila Ulitskaya and the Art of Tolerance*, Madison, University of Wisconsin Press, 2015.

A história que interessa a Ulítskaia é a que sempre interessou a escritores e escritoras de estatura imensa: a história que se impõe às vidas das pessoas reais. Quem sabe essa desconfiança esclarecida no que concerne à "objetividade" da história não tenha a ver com sua longa convivência com as ciências exatas, com a certeza de que observar e relatar são formas de interferir. Não é por acaso que Ulítskaia organizou o livro *Infância de 45 a 53: e amanhã seremos felizes*,[8] uma compilação de depoimentos sobre os anos do pós-guerra, introduzidos pela organizadora com um tom que vai da indignação à nostalgia. Nesses relatos de pessoas comuns, os quais a autora chamou de "micro-história", seus contemporâneos falam do que comiam, do que vestiam, da escola e das brincadeiras de rua, dos seus animais de estimação, do que recordam do funeral de Stálin. Em livros como *Meninas* e *A grande tenda verde*, é como se realmente estivéssemos diante de uma micro-história literária que faz jus ao credo artístico de Ulítskaia: "Não tenho interesse em problemas, fenômenos, ideias, e sim nas pessoas que estão em contato com os problemas e com as ideias. Já conhecemos muito bem essa literatura que vem se estabelecendo de modo sólido nos dias de hoje, uma literatura que de maneira alguma diz respeito às pessoas. E o que não diz respeito às pessoas não me interessa".[9]

Talvez por isso muito do que há em *Meninas* transmite a sensação do vivido. E em meio a esse material vivido certamente há muito do que às vezes se chama de autobiográfico. As reuniões das pioneiras e a peregrinação obrigatória à exposição dos presentes oferecidos a Stálin, que aparecem em "A dádiva prodigiosa", são relembrados pela autora no pre-

[8] *Dêtstvo 45-53: a závtra búdiet stchástie*, Moscou, AST, 2013.

[9] Entrevista a Marina Gueorgadze, cit.

fácio de um outro livro de contos tirados da infância.[10] A morte serena do bisavô, o último judeu religioso de sua família de intelectuais laicos, retrabalhada no conto "No dia 2 de março daquele mesmo ano", já foi mencionada por Ulítskaia como um marco dos seus anos de formação: "Ele morreu em 1951, foi a bela morte de um homem justo, no seio de sua família, e eu estava lá, e desde então nunca tive medo da morte".[11] E mesmo a descoberta precoce e arrebatadora da literatura encontra uma bela síntese poética no conto "Catapora": na festa da menina rica, enquanto as meninas no cômodo ao lado veem postais eróticos e fazem descobertas de outro tipo, Lília Jijmórskaia está sentada na cozinha lendo um livro; em suas entrevistas, quando Ulítskaia fala de sua infância ela está quase sempre falando das suas primeiras paixões literárias: "Quando ler é a principal ocupação de uma criança, muitas das outras sensações e impressões se desvanecem".[12]

* * *

Minha personagem preferida deste livro na verdade são duas: as gêmeas Viktória e Gayané Oganessian. Elas parecem tiradas de algum conto primordial, daquele tipo de fábula em que duas pessoas idênticas só podem ser metades inconciliáveis de uma mesma consciência. Gayané é meiga, tímida e assustada, vive dentro de si, sempre em modo de profundidade. Viktória é um pouquinho perversa, por algum motivo não é tão bonita quanto sua irmã gêmea, ela vive e age lá fora, no mundo dos gestos e das palavras, inventa e performa his-

---

[10] Liudmila Ulítskaia, *Devstvo-49* (Infância em 49), Moscou, Eksmo, 2003.

[11] Em entrevista a Dmitri Bavilski, de agosto de 2014, publicada no portal *Lechaim*.

[12] Entrevista a Marina Gueorgadze, cit.

tórias mirabolantes, contos de fadas subvertidos, tudo com uma verossimilhança rigorosa, o que deixa as outras crianças de cabelo em pé. Em momentos assim, essas outras crianças são quase como personagens que Viktória pode mover e manipular; seu passatempo preferido é assustar a irmã e depois abraçá-la, protegê-la, salvá-la. O passatempo preferido de Gayané é construir *sekriétiki* — "segredinhos", uma brincadeira infantil comum em alguns países do Leste Europeu. Funciona assim: a criança faz um buraco no solo e ali enterra todo tipo de coisas bonitas e cintilantes, papéis de bala de cores vivas e flores esmaecidas, então cobre o buraco com um pedaço de vidro, como se fosse um memorial, e depois com terra. Alguns estudiosos veem nisso uma forma de lidar com o luto. Talvez parte da graça dos *sekriétiki* seja não tanto fazê-los, mas, num dia qualquer, depois de muitos anos, encontrá-los, como um espólio que deixamos para o nosso eu do futuro, ou para um outro eu.

Essas duas personagens criadas por Ulítskaia, juntas e complementares, são como uma síntese da voz e da personalidade que narra este livro. Em *Meninas*, Ulítskaia soube encontrar muitos desses "segredinhos" da sua infância, da infância de toda a sua geração, segredos talvez muito parecidos com aqueles que nós guardamos: "família, primeiras impressões, primeiros amigos, o primeiro encontro com a morte — de um passarinho, das velhinhas do bairro e depois dos próprios avós".[13] E soube criar momentos de assombro discreto em que o mundo vívido e quase imaginário da infância é invadido pela crueldade e pela escassez de um cinzento "mundo real". Esse mundo é aquele das conversas sussurradas, do medo de ser delatado, da "desconfiança no balde de lixo" e das pessoas que desaparecem. É um mundo onde ain-

---

[13] Em correspondência com o editor, março de 2021.

da existem pobres e ricos, analfabetos e doutores, párias, cidadãos de segunda classe e mandachuvas exemplares. E o próprio mundo das crianças não é um idílio. As meninas de Ulítskaia, como todas as crianças, sabem também ser cruéis; o que elas nem sempre sabem é por quê o são. Quando Viktória descobre que um bebê foi encontrado no lixo do seu prédio, ela sente uma necessidade criativa de reimaginar a história desse bebê; depois de trabalhar com muito afinco em todos os pormenores narrativos, acaba decidindo que para o bem da arte esse bebê só pode ser a sua irmã gêmea. E Gayané, pobrezinha, não tem como não se entregar à fatalidade dessa invenção tão bem inventada.

* * *

A obra de Ulítskaia não é protagonizada pela "grande história", mas por personagens — com ênfase no sufixo, sejam elas personagens de indivíduos, de coletivos, de toda uma geração — que são quase de carne e osso, cuja sensibilidade é feita da mesma matéria que as nossas. Por isso ficamos inquietos com a presença de uma outra personagem, que não tem rosto, mas cuja sombra paira sobre todas as outras: no conto "A enjeitada", a autora chamou-a de "época infame". Poderíamos também chamá-la de "espírito dos tempos", pois suas feições não são definidas apenas por aquilo que é coletável, interpretável ou explicável. A dificuldade de apreender o caráter dessa personagem é mencionada no prefácio de Ulítskaia ao livro *Infância de 45 a 53*: "Nem a história, nem a geografia possuem uma dimensão moral. É o homem quem a traz. Por vezes dizemos que os tempos são cruéis. Mas todos os tempos são cruéis, à sua maneira. E são, à sua maneira, interessantes. Um tempo cria certas feições nas pessoas, mas o que determina a feição do tempo?".

Posfácio

SOBRE A AUTORA

Liudmila Evguênieva Ulítskaia nasceu em 1943 em Davliekánovo, na região dos Montes Urais, na União Soviética, para onde sua família moscovita fora evacuada durante a Segunda Guerra Mundial. Ulítskaia se formou em biologia com especialização em genética e trabalhou por dois anos no Instituto de Genética Nikolai Vavílov, em Moscou, quando um incidente político afastou-a do cargo e fez com que ela buscasse refúgio no mundo das letras. Durante a década de 1970, Ulítskaia foi consultora de repertório do Teatro Judaico de Música de Câmara (KEMT), também em Moscou, escreveu ensaios, peças infantis, dramatizações para rádio e fez revisões e traduções de poesia.

Começou a publicar ficção apenas no final dos anos 1980, época em que também escreveu roteiros de filmes como *Sestrítchki Líberti* (*As irmãs Liberty*, 1990, com direção de Vladímir Grammátikov) e *Jênschina dliá vsiékh* (*Uma mulher por todos*, 1991, com direção de Anatoli Matechko). Em 1993 Ulítskaia teve seu livro de estreia, *Parentes pobres*, publicado na França, e em 1996 sua novela *Sônietchka* (1994) recebeu o prestigioso Prix Médicis. Desde então, tem se tornado uma das escritoras russas de maior reconhecimento mundial. Ulítskaia é a única pessoa a ter sido nomeada cinco vezes ao prêmio Russkii Buker, a versão russa do Booker Prize, e em 2001, com seu romance *O caso Kukotski* (2000), tornou-se a primeira mulher a recebê-lo.

Entre seus livros mais conhecidos estão *Medeia e seus filhos* (1996), *Funeral alegre* (1998), *Daniel Stein, tradutor* (2006), ganhador do prêmio Bolcháia Kniga, *A grande tenda verde* (2011) e *A escada de Jacó* (2015). Muitos dos seus livros foram adaptados para o cinema e para os palcos. Em 2005 *O caso Kukotski* ganhou uma adaptação para a TV, dirigida por Iúri Grímov, e em 2007 *O funeral feliz* foi adaptado para o cinema por Vladímir Fókin. O realizador Andjei Buben montou diversos espetáculos beaseados em suas obras, e em 2010 *Meninas* foi encenado por Olga Agapova no Teatro dos Jovens Espectadores de Samara (SamArt).

Liudmila Ulítskaia se destaca ainda pelo seu ativismo político e cultural, tendo recebido em 2011 o Prix Simone de Beauvoir pour la Liberté des Femmes.

SOBRE O TRADUTOR

Irineu Franco Perpetuo é jornalista e tradutor, colaborador da revista *Concerto* e jurado do concurso de música *Prelúdio*, da TV Cultura de São Paulo. É autor de *Populares & eruditos* (Editora Invenção, 2001, com Alexandre Pavan), *Cyro Pereira, maestro* (DBA Editora, 2005), *O futuro da música depois da morte do CD* (Momento Editorial, 2009, com Sérgio Amadeu da Silveira), *História concisa da música clássica brasileira* (Alameda, 2018) e *Como ler os russos* (Todavia, 2021), além dos audiolivros *História da música clássica* (Livro Falante, 2008), *Alma brasileira: a trajetória de Villa-Lobos* (Livro Falante, 2011) e *Chopin: o poeta do piano* (Livro Falante, 2012). Publicou as seguintes traduções, todas elas diretamente do russo: *Pequenas tragédias* (Globo, 2006) e *Boris Godunov* (Globo, 2007), de Aleksandr Púchkin; *Memórias de um caçador* (Editora 34, 2013), de Ivan Turguêniev; *A morte de Ivan Ilitch* (Coleção Folha Grandes Nomes da Literatura, 2016) e *Anna Kariênina* (Editora 34, 2021), de Lev Tolstói; *Memórias do subsolo* (Coleção Folha Grandes Nomes da Literatura, 2016), de Fiódor Dostoiévski; *Vida e destino* (Alfaguara, 2014, Prêmio Jabuti de Tradução em 2015 — 2º lugar) e *A estrada* (Alfaguara, 2015), de Vassili Grossman; *O mestre e Margarida*, de Mikhail Bulgákov (Editora 34, 2017); *Salmo*, de Friedrich Gorenstein (Kalinka, 2018, com Moissei Mountian); *Os dias dos Turbin*, de Mikhail Bulgákov (Carambaia, 2018); *Lasca*, de Vladímir Zazúbrin (Carambaia, 2019); *A infância de Nikita*, de Aleksei Tolstói (Kalinka, 2021, com Moissei Mountian); e *Meninas*, de Liudmila Ulítskaia (Editora 34, 2021).

ESTE LIVRO FOI COMPOSTO EM SABON,
PELA FRANCIOSI & MALTA, COM CTP DA
NEW PRINT E IMPRESSÃO DA GRAPHIUM
EM PAPEL PÓLEN NATURAL 80 G/M² DA
CIA. SUZANO DE PAPEL E CELULOSE PARA
A EDITORA 34, EM SETEMBRO DE 2023.